그들의 문학과 생애

한국문학평론가협회 | 한길사 공동기획

그들의 문학과 생애

한설야

강진호 지음

한길사

그들의 문학과 생애
한설야

지은이 · 강진호
펴낸이 · 김언호
펴낸곳 · (주)도서출판 한길사

등록 · 1976년 12월 24일 제74호
주소 · 413-756 경기도 파주시 교하읍 문발리 520-11
　　　www.hangilsa.co.kr
　　　E-mail: hangilsa@hangilsa.co.kr
전화 · 031-955-2000~3　　팩스 · 031-955-2005

상무이사 · 박관순 | 영업이사 · 곽명호
편집 · 박희진 박계영 안민재 이경애 | 전산 · 한향림 | 저작권 · 문준심
마케팅 및 제작 · 이경호 | 관리 · 이중환 문주상 장비연 김선희

출력 · 지에스테크 | 인쇄 · 현문인쇄 | 제본 · 성문제책

제1판 제1쇄 2008년 1월 31일

값 15,000원
ISBN 978-89-356-5987-6 04810
ISBN 978-89-356-5989-0 (전14권)

• 이 도서의 국립중앙도서관 출판시도서목록(CIP)은
e-CIP 홈페이지(http://www.nl.go.kr/cip.php)에서 이용하실 수 있습니다.
(CIP제어번호: CIP2008000345)

바람은 어이하여 면바로만 치고 오나

등 뒤에 지고 가면 걸음도 쉬울 것을

사람도 바람도 서로 지려 아니 하네

한 평생을 하루 같이 그렁성 살았으니

이제사 돌아서서 바람에게 등을 대랴

가던 길 나는 좋아 한 뿐새로 가노라

.... 한설야, 「바람을 안고」

머리말

1980년대 말까지 한설야는 남한뿐만 아니라 북한에서도 그 이름이 지워져 있어야 했다. 남한에서는 월북작가라는 이름 아래 지하실에 유폐되는 신세가 되어야 했고, 북한에서는 숙청 이후 아예 거론의 대상조차 되지 못하는 비운을 겪어야 했다. 지금은 남한과 북한 모두로부터 자유롭게 평가받는 작가가 되었지만, 생전과 사후 한설야의 문학이 걸어왔던 비극적 행로는 한국 현대문학사의 어두운 일면을 단적으로 보여주는 것이었다.

한설야는 자신의 문학적 신념을 정치적 행동을 통해 표현한 작가였다. 어느 작가보다도 이데올로기에 대한 집착이 강했고 또 강한 정치의식의 소유자였다. 한설야를 설명하면서 '이데올로기적 신념'이라는 말을 자주 거론하는 것은 이와 무관하지 않다.

그렇기에 식민치하의 프로 문학에서 한설야의 활동은 두드러졌다. 조선프롤레타리아예술동맹(KAPF)을 중심으로 전개된 프로 문학은 여러 형태의 시행착오를 거듭했음에도 불구하고 문학과 정치, 문학과 이데올로기, 리얼리즘 등을 천착하고 발전시킨 중요한 공적을 남겼다. 한설야는 비평과 소설의 두 분야에서 프로 문학을 정립하고 견인한 대표적 인물이었다. 그는 아나키스트 김화산과의 논쟁과 '변증법적 사실주의론' 등을 통해서 프로 비평의 이념과 방법을 체계화하는 데 기여했고, 「합숙소의 밤」, 「과도기」, 『황혼』 등의 소설을 통해서 식민치하 민중의 생활상과 지식인의 고뇌를 깊이 있게 천착하여 리얼리즘 문학의 반석을 다져놓았다. 정치와 문학을 동일시하면서도 한편으론 문학의 특수성을 인정한 이런 활동으로 말미암아 한설야는 프로 문학을 대표하는 간판급 작가로 자리를 잡기에 이른다.

월북 이후에는 김일성 정권 아래서 북조선문예총 창립에 관여하고 조선문학예술총동맹 위원장·최고인민회의 대의원·교육문화상 등을 역임하면서 초기 북한문학의 기초를 다져놓았다. 해방 이후 1961년까지 북한의 문학정책과 이론을 총괄하는 고위 간부로서 초기 사회주의 리얼리즘을 기초했을 뿐 아니라 창작에서도 「승냥이」, 『력사』, 『대동강』, 『설봉산』 등을 통해서 식민치하의 민족운동을 소설화하여 북한

소설의 중요한 모델을 제공하였다. 북한문학을 사실상 주도하면서 이론과 창작의 전범을 만든 셈이고, 그런 이유로 훗날 북한의 "사회주의적 사실주의 문학의 창시자의 한 사람"이자 "사회주의적 사실주의 문학의 발전과정을 특징짓는" 인물로 평가받았다. 하지만 그의 개인적인 삶은 순탄치 않았고, 종국에는 거친 정치 현실에 휘말려 1962년 "종파주의자, 일제시대 군수의 아들, 부화방탕" 등의 죄명으로 숙청당하는 비운을 겪게 되었다. 우리는 그의 우직한 삶을 통해서 우리 현대문학의 비극과 함께 문학과 정치, 문학과 이념의 관계를 새롭게 생각해보게 된다.

돌이켜보자면, 한설야의 작품들은 우리 사회의 역사적 특수성을 반영한 문학적 성과물로 기억할 수 있다. 식민치하에서 보여준 치열한 탐구정신과 탈식민의 열망은 우리 문학사의 대하에 흘러들어 해방 후 오늘의 문학에 면면히 이어지고 있고, 역사적 사실을 바탕으로 과거 항일무장투쟁을 재현하고자 했던 김일성 소재의 작품들은 오늘날 북한문학의 정전(正典)으로 평가되는 소위 '불멸의 역사 총서'의 원조가 된 것으로 전해진다. 통일문학사가 통일을 향한 지난한 도정에서 당대의 시대적 과제에 충실한 작품들을 대상으로 삼는다면, 식민지시대에서 1950년대까지 보여준 그의 행적은 한국문학의 연속성과 역사성을 담보하는 구체적 매개라는 점에서 중요하게 기억되어야 할 것이다. 더구나, 최근 들어 북한에서 한설야가 다시 평가되는 것은 북한사회가 전제의 늪에서 벗어나 점차 다양성을 포섭하는 방향으로 움직이고 있다는 증표라는 점에서 남과 북의 새로운 관계를 시사하기도 한다. 또한 한설야의 복권은 정치와 이데올로기를 뚫고 우뚝 선 문학의 위엄을 새삼 확인시켜준다는 점에서도 의미가 있다. 문학은 정치의 시녀도, 그렇다고 이데올로기의 메가폰도 아닌 단지 문학일 뿐이라는 사실, 한 시대를 고뇌하고 증언하는 문학의 위엄은 그런 사실을 통해서 확인될 수 있을 것이다.

바람은 어이하여 면바로만 치고 오나
등 뒤에 지고 가면 걸음도 쉬울 것을
사람도 바람도 서로 지려 아니 하네

한 평생을 하루 같이 그렁성 살았으니
이제사 돌아서서 바람에게 등을 대랴
가던 길 나는 좋아 한 뿐새로 가노라
• 한설야, 「바람을 안고」에서

"면바로 치는 바람을 향해, 가던 길을 한 뿐새로 가겠다"

는 다짐, 자신의 운명을 스스로 집약한 경구와도 같은 구절이다. 숙청을 눈앞에 둔 시점에서 토해낸 이런 시구가 강한 울림으로 메아리치는 것은, 한설야 개인의 운명뿐 아니라 거친 환경 속에서 외롭게 용태를 지키고 있는 '문학'의 운명을 예언적으로 보여주었기 때문이 아닐까.

이 책은 한설야의 문학과 삶을 이해하고자 했던 지난 몇 해의 성과물이다. 여러 가지로 부족하고 또 안목이 깊지 못하지만 한설야를 이해하는 데 조금이나마 도움이 되기를 바란다.

'한국문학평론가협회'라는 거함의 선장으로, 또 선배 학자로서 깊은 사랑을 주신 홍기삼·임헌영·최동호 선생님을 비롯한 여러 선생님들, 그리고 실무 편집을 맡아 수고를 아끼지 않으신 한길사의 박계영 선생님께 감사의 마음을 드린다.

2007년 12월 종강을 앞둔 겨울날
강진호

한설야

'한설야'라는 상징

　몇 해 전까지만 해도 현대문학사에서 연구자들의 가장 많은 관심을 끌었던 분야는 프롤레타리아 문학(이하 '프로 문학')이었다. 학문적 입장이나 연륜의 다소를 막론하고 연구자들은 누구나 구두선처럼 프로 문학을 이야기했고, 그것이 마치 시대의 책무인 양 간주되었다. 1988년 해금 이후 봇물 터지듯 쏟아진 월북(越北)작가들에 대한 각종 출판물과 논의들은 이들에게 경도된 당시의 분위기가 어떠했는가를 실감하게 해준다. 지금은 아득한 추억이 되었으나 돌이켜보자면 그때의 열기는 자못 뜨거웠다.

　당시 프로 문학에 대한 연구가 우후죽순 돋아난 데는 다음과 같은 몇 가지 요인이 작용하고 있었다. 먼저, 1988년에 이루어진 정부 당국의 납·월북작가들에 대한 공식적인 해금조치(이른바 '7·19 해금')이다. 월북 혹은 납북(拉北)되었다는 이유만으로 금기의 대상이 되었던 세칭 '월북문인' 120여 명에 대한 정부 당국의 규제가 풀림으로써 이들은 시대의 어두운 금고에서 나와 세상의 조명을 받는 서가에 놓일 수 있게 되었고, 그에 따라 근대문학사 또한 좌파가 배제된 불구적 상태에서 벗어나 좌우가 균형을 갖춘 한층 온전한 모습을 구비하게 되었다.

물론 좀더 근본적인 배경은 1986년 6월항쟁과 뒤이은 7, 8월 노동자투쟁 등 일련의 민주화운동에 따른 한국사회 전반의 변화이다. 군사정권하에서 억눌리고 왜곡되었던 정치·이념적 요구들이 사회운동의 급물살을 타고 분출되면서, 사회 심층에 무의식처럼 놓여 있던 분단과 그에 따른 구조적 모순이 한층 명료한 형태로 인식되기 시작한 것이다. 이 과정에서 1989년 이후 도미노처럼 몰락의 길을 걷게 된 소련을 비롯한 현실 사회주의 국가들은 공산 이데올로기의 실체를 보다 분명하고 구체적인 형태로 인식시켜주었다. 당시 공산주의는 금기와 호기심의 대상이자 동시에 진보와 변혁의 상징이었다. 사회변혁을 꿈꾸는 사람들은 공산주의 이데올로기를 바탕으로 변혁의 열망을 실현하려 했고, 정부는 그것을 불온시하여 엄격하게 금지하고 탄압했는데, 소련의 붕괴는 공산주의에 대한 그간의 맹신과 금기의 베일을 벗기고 그 실체를 냉정하게 돌아보는 계기를 제공한 것이다.

이런 분위기 속에서 해방과 더불어 공산주의를 선택했던 월북작가들에 대한 관심이 자연스럽게 고조되었고, 해금조치는 그것을 촉발시킨 구체적 계기가 된 것이다. 이후 이들은 더 이상 금기의 대상이 아니라 세계사적인 냉전과 분단 현대사의 희생양들이라는 인식이 확산되고, 나아가 통일을 지향하는 민족사의 거시적 흐름 위에서 새롭게 조망되어야 한다는 사실이 널리 공감되기 시작하였다. 1988년 이후 1990년대 중반까지 각 대학원의 석·박사 논문을 비롯한 각종 논문들이 이기영·한설야·임화·김남천·이태준·박태원·조명희·홍명희·백석·이용악·오장환·김기림·정지용 등에 주목했던 것은 그런 시대적 배경을 갖고 있었다.

문학사에서 납·월북작가들이 차지하는 비중은 매우 크다고 할 수 있다. 이들은 근대문학사에서 중요한 역할을 했음에도 불구하고, 그동안 '한×야, 이×영, 임×' 등과 같이 복자화(覆字化)되거나 아예 논의의 대상조차 되지 못했었다. 식민지시대의 문학적 성과를 돌아볼 때 한설야·이기영·임화·김남천·송영·안함광·이태준·박태원·홍명희·이용악·백석 등은 작품의 양이나 질에서 당대 문단을 대표하는 간판급 인사들이고, 따라서 이들을 배제하고는 문학사의 실체를 온전하게 조망하기 힘든 실정이다. 소설과 시에서, 또는 비평과 희곡에서 이들은 근대문학의 반석을 다지고 기둥을 세웠을 뿐만 아니라, 문학운동의 측면에서도 각종 논쟁과 조직활동을 통해서 식민치하의 현실을 심도 있게 천착하고 이론화하는 활발하고 의욕적인 활동을 펼친 바 있다. 게다가 이들은 월북 후 북한문학의 기틀을 다진 인물들이다. 식민치하에서 왕성하게 활동하다가 월북한 뒤 김일성의 헤게모니 쟁탈 과정에서 숙청된 임화·김남천·이원조·이태준 등이나 그 과정에서 살아남아 오랜 동안 작품활동을 한 한설야·이기영·박태원·안함광·송영 등은 창작과 이론에서 초기 북한문학을 다듬고 빛낸 주역들이고, 그런 점에서 이들에 대한 고찰은 북한문학을 이해할 수 있는 중요한 매개 고리가 된다고 할 수 있다. 말하자면 이들에 대한 이해는 문학사의 복원을 넘어서 통일문학사를 설계하는 중요한 과정인 것이다.

한설야(韓雪野, 1900~76)의 문제성은 이런 사실의 연장선상에서 이해될 수 있다. 한설야는 창작과 비평의 양면에서 식민치하의 프로 문학을 주도했고, 해방 후에는 김일성의 최측근이 되어 초기 북한의 문예정책과 작단(作壇)을 총괄하였다.

한설야의 활동이 두드러진 곳은 우선 식민치하의 프로 문학운동에서였다. 두루 알듯이, 조선프롤레타리아예술동맹

(KAPF)을 중심으로 전개된 식민치하의 프로 문학운동은 여러 형태의 시행착오를 거듭했음에도 불구하고 문학과 정치, 이데올로기, 리얼리즘 미학 등을 천착하고 발전시킨 중요한 공적을 남겼다. 카프 내에서 활발하게 진행된 내용─형식논쟁, 아나키스트 논쟁, 창작방법 논쟁, 사회주의 리얼리즘 논쟁 등 일련의 논의는 작품의 단순한 감상과 소개에 머물렀던 비평의 질을 보다 과학적이고 엄정한 형태로 끌어올렸고, 『고향』(이기영), 『황혼』(한설야) 등의 작품은 민족 현실에 대한 탐구와 핍진한 형상으로 프로 문학의 전범을 보여주었다. 이 과정에서 한설야는 비평과 창작에서 프로 문학을 정립하고 견인한 대표적 인물이다. 그는 아나키스트 김화산과의 논쟁과 '변증법적 사실주의론' 등을 통해서 프로 비평의 이념과 방법을 체계화하는 데 공헌했고, 「합숙소의 밤」, 「과도기」, 『황혼』 등의 소설을 통해서는 식민치하 민중의 생활상과 지식인의 역할을 심도 있게 탐구하였다. 정치와 문학을 동일시하면서도 한편으론 문학의 특수성을 인지한 이런 활동으로 인해 한설야는 프로 문학을 대표하는 작가로 자리를 잡기에 이른다.

게다가 한설야는 월북 후, 북조선문예총 창립에 관여하고 조선문학예술총동맹 위원장·최고인민회의 대의원·교육문화상 등을 역임하면서 초기 북한문학의 기틀을 다져놓았다.

해방 이후 1961년까지 북한의 문학정책과 이론을 총괄하는 고위간부로서 초기 사회주의 리얼리즘을 기초했을 뿐만 아니라 창작에서도 「승냥이」(1951), 『력사』(1954), 『대동강』(1955), 『설봉산』(1956) 등을 통해서 식민치하의 민족운동과 김일성의 행적 등을 소설화하여 '불멸의 역사 총서'를 비롯한 북한소설의 중요한 모델을 제공하였다. 1962년 "종파주의자, 일제시대 군수의 아들, 부화방탕" 등의 죄명으로 숙청당하는 비운을 겪기까지 그는 북한문학을 사실상 주도하면서 이론과 창작에서 전범이 되다시피 했고, 그런 이유에서 그는 북한의 "사회주의적 사실주의 문학의 창시자의 한 사람"이자 "사회주의적 사실주의 문학의 발전과정을 특징짓는"[1] 인물로 평가된다. 그러므로 한설야는 식민치하의 문학과 전후 북한문학을 아우르는 중요한 연결 고리라 하겠다.

이 글은 한설야 문학 전반을 조망하려는 의도를 갖고 있다. 그동안 한설야의 삶과 문학에 대해서 많은 논의가 이루어졌다. 식민치하의 행적과 활동은 초기 연구자들에 의해서 소상하게 밝혀졌고, 최근에는 월북 후의 행적과 작품들이 논의되어 그의 문학은 거의 전모가 드러나고 있다. 한설야의 삶과 문학을 조망하는 이 글은 당연히 그러한 기존의 성과들에 힘입을 수밖에 없다.

여기서 주목하고자 하는 것은 우선 한설야가 갖고 있는 이념적 태도와 주체(subject)의 특성이다. 알려진 대로, 프로 작가들 중에서 한설야처럼 완강하게 사회과학적 신념을 고수한 인물은 없었다. 작가가 되기 위해서는 "무엇보다 사회과학(마르크스-레닌주의)을 공부하고 그것을 통해서 세계관을 확고히 정립해야 한다"고 주장하면서 스스로 마르크스주의적 이념과 목적의식적 역사발전론으로 무장했고, 일제의 가혹한 탄압과 압력 속에서도 결코 그것을 굽히지 않았다. 게다가 그는 성격적으로 자의식이 강하고 독선적이었던 관계로, 누구보다도 완고하게 이념에 대한 집착을 보였다. 한설야 소설 전반이 마르크스주의적 이념과 지향으로 채워진 것은 그런 사실과 관계될 것이다. 그런데 그런 모습은 한편으로 현실과 동떨어진 뜬구름잡기 식의 관념성을 유발하기도 하였다. 임화가 『황혼』을 비판하면서 언급했듯이, 한설야는 인물이 죽어야 하는 상황에서 인물을 살려냈고, 이념이 회의되는 시점에서 의도적으로 그것을 부각시켰다. 시대적인 변화와 일제의 가혹한 탄압으로 인해 더 이상 '주의자'가 활동할 수 없는 상황에서 역설적으로 그들을 내세움으로써 이념의 기치를 드높인 형국인데, 이는 자신의 신념을 선험적 진리인 양 절대시해서 현실과의 상호작용을 부정하는 독아적(獨我的) 행동이라고 할 수 있다.

한설야 소설에서 보이는 강한 계몽성도 실은 그런 사실과 연결되어 있다. 그에게 문학이란 공산주의적 이상과 가치를 전파하는 유력한 도구였다. 이광수가 안도산의 무실역행(務實力行)의 준비론에 의거해서 근대적 계몽을 추구했다면 한설야는 무산혁명을 통해서 근대적 계몽을 완성하고자 한 것이고, 그의 소설과 평문들이란 실상 그런 의도의 산물이라 해도 과언이 아니다. 물론 작가의 계몽적 태도와 이념적 지향이 작품의 질적 성취를 보장하는 것은 아니지만, 식민치하 반(半)봉건의 사회에서, 그것도 스스로 독립을 쟁취하기가 난망했던 상황에서 한설야가 보여준 계몽적 태도는 단순히 그 한 개인의 문제가 아니라 우리 근대사(혹은 근대문학) 전반이 감당해야 했던 과제의 하나였다는 점에서 중요하게 살펴볼 필요가 있다.

이 글에서는 특히 해방 후의 행적에 대해서 관심을 갖고자 한다. 그것은 무엇보다 기존 성과들의 대부분이 「과도기」, 『황혼』, 『탑』 등 식민지시대 작품에 집중되어 해방 후나 북조선 건국 이후의 작품들을 상대적으로 소홀히 한 까닭이다. 한설야 연구를 심화하기 위해서, 나아가 근대문학 연구의 대상을 확대하기 위해서도 이런 작업은 절실하고, 따라서 이 글은 그동안 큰 주목을 받지 못했던 북한에서 쓴 장편소설 『력사』, 『대동강』, 『설봉산』 등을 중요하게 고찰할 것이다.

이들 작품은 모두 김일성의 행적을 중요한 모티프로 채용하여 초기 북한소설의 특성을 전형적으로 보여줄 뿐만 아니라 공산주의 이념으로 무장했던 한설야가 '김일성'이라는 또 다른 이데올로기를 수용하고 비판하는 과정을 실감나게 보여준다. 여기서 김일성을 맹신하다가 점차 비판적 거리를 두고 멀어지는 과정은 한설야의 정치적 태도와 함께 숙청을 시사한다는 점에서 눈여겨볼 대목이다. 이러한 고찰을 통해서 이 글은 한설야라는 문제적 개인의 행로와 함께 문학과 정치, 나아가 문학과 이념의 관계를 고민해보고자 한다.

식민치하의 삶과 원칙주의

유년의 삶과 문학청년의 길

한설야는 1900년 8월 3일 함경남도 함주군 주서면 하구리에서 2남 2녀 중 둘째 아들로 태어났다.[2] 조선이 몰락의 길을 걷고 일제의 침략이 본격화되는 격변기를 배경으로 세상에 첫 모습을 드러낸 것이다. 본명은 한병도(韓秉道). 필명으로는 설야(雪野) · 만년설(萬年雪) · 한병종(韓炳宗) · 김덕혜(金德惠) · 윤영순(尹英順) · H생 등을 사용하였다.

한설야가 태어난 주서면은 원래 함주군에 속했으나 1937년 4월 일제가 함흥부를 확장하면서 함흥부에 편입된 곳이다. 그의 집안은 조상 대대로 함흥 지방에서 벼슬을 지낸 세도가였다. 아버지 한직연(韓稷淵)은 조선조 말 군수를 지낸 재산가이자 지주였고, 어머니는 농촌 출신의 순박한 여인이었다. 한설야는 후일 이 어머니에게서 문학적 소질을 물려받았다고 회고한 바 있다.

자전소설 『탑』을 비롯한 여러 글에서 드러나듯이, 한직연은 유교적 관념이 상대적으로 강했던 인물이다. 『탑』에서 언급되듯이, 한직연은 민요(民擾)를 만나 재산을 강탈당한 적이 있었는데 그때 다른 것은 모두 그대로 두고 오직 가묘(家廟)만을 가지고 피신했으며, 또 러시아 병정들이 동네에 불을 지르고 달아난 사건이 발생했을 때에도 가묘를 챙겨 물가로 나왔다고 한다. 가묘란 조상의 신주(神主)를 모시는 곳으로 조선시대 성리학에 의해 국가적으로 강요된 것이었는데, 한직연은 그런 유교적 습속을 깊이 숭상했던 인물이다.[3]

그런데 또 어느 날 밤 동리 뒤편에 화광이 충천하였다. 그것은 두말할 것 없이 도망가는 아라사 병정들이 지르고 간 불이었다. 그러나 그 마을은 요행 우길이네 동리에서 십리나 떨어진 동리였다.

그렇건만 놀란 눈에는 흡사 자기 동리 바로 웃머리가 불붙는 것 같이 현연히 보였다. 모두들 인제는 죽는구나 하는 생각이 들었다. 그래도 어린 녀석들만은 구경이나 난 듯이 발돋움을 하고 그것을 바라보고 있었다.

그래 어마지두 놀란 할머니는 그 어린애를 손을 끌고 앞도랑에 나가 흙다리 아래로 기어들어갔다.

아무 일 없으니 안심하고 있으라던 아버지도 이제는 뱃심이 꺼졌는지 가묘를 안고 물가로 나왔다.

불을 끄는 것은 오직 물뿐이라고 생각한 것이요, 또 다른 것은 다 태워도 가묘만은 태우지 말려는 것이었다.[4]

일제가 조선을 병합하기 직전, 즉 보호정치를 펼 당시 북조선 각지에서 의병운동이 활발히 일어났고 특히 산수와 갑산 같은 산간지방에서는 그 세력이 자못 강성했다고 한다. 이에 당황한 일제는 그들을 진압할 목적으로 민간 유력자 30여 명을 강제로 동원해서 선무활동을 벌였는데, 그중의 한 사람이 한직연이었다. 그런데 30여 명 중에서 선무활동에 나선 사람은 한 사람도 없었고, 이에 당황한 일제는 그들 모두를 북청 왜국 수비대 병영에 감금했다고 한다. 그곳에서 6개월을 허송한 한직연은 그해 겨울 그곳을 탈출한 뒤 바로 서울로 올라갔다고 한다.[5] 이런 내력의 아버지를 통해서 한설야는 지사적 성격과 아울러 일제에 대한 증오심을 내면화했던 것으로 보인다.

한설야는 어린 시절에 문학에도 비교적 관심이 많았다. 함흥공립보통학교 시절 그는 글짓기를 좋아해서 동네 아이들과 모임을 만들기도 했고, 보통학교 3학년 때는 일본 선생이 가르치는 학교에 흥미를 느끼지 못하고 대신 들판으로 나가 자연을 벗하면서 심성을 길렀다고 한다. 버들 호드기를 불면서 버들동에서 그네를 뛰고 앞 도랑과 동녘 큰 내에서 멱을 감고 씨름을 하곤 했다는 것. 이 과정에서 고향의 넓은 벌판을 뛰놀면서 겨울이면 하얗게 눈이 덮이는 광활한 광경, 즉 '설야'(雪野)의 아름다움에 빠져들었다고 하는데, 후일 필명을 '설야'로 했던 것은 그때 받았던 강렬한 인상이 작용했기 때문으로 보인다.

1915년 보통학교를 졸업한 한설야는 4월에 서울로 올라가 경성제일고보에 입학한다. 그때나 지금이나 서울은 젊은이들에게 기회의 공간이었던 것. 그런데 여기서도 학교생활에 큰 매력을 느끼지 못한다. 서울 학생들이 자신을 '시골뜨기'라고 놀렸고 또 일본인 선생들이 조성하는 숨막히는 분위기도 견디기가 힘들었다. 그런 상황에서 돌파구로 찾은 게 곧 영화·연극·신소설 등의 예술 분야였는데, 한설야가 특히 매료되었던 것은 영화와 신소설이었다. 동료로부터 '활박'(활동사진 박사)이라는 별명을 들을 정도로 즐겨 영화관에 출입했고, 영화를 보고는 그것을 자신의 말과 문장으로 재현해보려고 애썼다고 한다. 또 신소설을 읽으면서 '문학적 이상과 열정'을 어렴풋이 자각했다고 말한다. 당시 신소설은 길거리에서 읽어주는 사람이 있을 정도로 인기가 많았는데, 한설야는 우연한 기회에 그것을 접하고 깊이 빠져들었던 것이다. 물론 그가 읽은 신소설은 사상이나 예술성이 뛰어난 것은 아니었다. 그런데도 신소설에 매료되었던 것은 작품의 내용이 주로 시대의 어둠, 비극, 모순을 담고 있었기 때문이다. "거기에는 가난한 사람, 눌리운 사람, 그늘에 사는 사람, 억울하고 원통한 사람들의 이야기가 그들을 동정하는 입장에서 씌어져 있었"고, 그래서 "하대받는 사람들에게는 신소설이 하나의 커다란 광명"[6]이 되고 있다는 것을 알게 된다.

이런 깨달음은, 다음 글에서 드러나듯, 한설야가 문학을 "어둠을 뚫고 광명을 제공"하는 계몽의 유력한 수단으로 받아들이는 계기를 제공한다.

더욱이 어둠은 강도 일제에 의하여 무리죽음의 서리를 무시로 그 위에 내리치고 있었으며 그것은 모든 다른 어둠과 합해서 산 사람들에게 지옥과 같은 그런 생활만을 시시각각으로 강요하고 있었다.

어린 나도 모든 조선 사람에게 내리 덮이는 이 암흑과 숨 막히는 눌림을 느끼지 않을 수 없었다. 물론 나도 어느놈이 원수며 누가 우리의 편인지는 똑똑히 잡을 수 없었으나 어쨌든 어둠은 마땅히 없어져야 할 것이라는 어린 의분이 점차 가슴속에서 싹터 갔다. (……)

생각하면 내 가슴 밑에 씨알로 있던 문학에의 이상, 문학에의 정열이 여기서 만나고 싶은 세상, 보고 싶은 사람들을 발견한 것이 아니었던가 생각한다. 그래서 나의 가슴 밑에서 그 조그만 씨알이 조금씩 조금씩 자라기 시작하였다.[7]

문학에 대한 태도를 미적인 측면을 중시하는 경우와 인식적인 측면을 중시하는 경우로 나누어볼 때, 전자가 표현과 기교, 문체 등에 관심을 기울인다면, 후자는 작가의 가치와 지향, 작품의 내용 등에 보다 큰 의미를 둔다고 할 수 있다. 한설야는 작품에서 중요한 것은 내용과 사상이라고 말하면서 후자에 더 큰 가치를 두었는데, 이는 문학을 대하는 계몽적 태도와 긴밀하게 연결되어 있다. 계몽이란 이성을 계발하는 것이고 그것은 작품의 내용과 사상을 통해서 가능한바, 한설야는 신소설을 읽으면서 그런 생각을 막연하게나마 내면화했던 것으로 보인다. 후일 그의 소설 전반에서 목격되는 계몽성은 이런 사실과 관계된다고 하겠다.

그런데 한설야의 서울 생활은 그리 오래 가지 못한다. 1918년 서모와 불화가 발생했기 때문이다. 서울로 올라온 부친은 새로 살림을 차린 뒤 한설야를 서울로 불러올려 경기고보에 다니게 했는데, 서모와 갈등이 심해지면서 경기고보 4학년 1학기를 마치고 서울을 떠나지 않을 수 없게 된 것이다. 혹처럼 따라다니는 본처 소생의 자식이 서모에게 반가울리 없었고, 그래서 결국 한설야는 경기고보에서 함흥고보로 학적을 옮기게 된다. 하지만 함흥에서의 생활도 순탄하지 않아서 졸업을 앞두고 3·1운동에 참여했다가 일경에 체포되어 약 3개월간 구금을 당하는 고통을 겪는다. 피식민지 청년으로서 민족의 비극과 울분을 최초로 체험한 것으로, 월북 후의 회고에 의하면, 이 체험을 통해서 한설야는 일제의 '야만적 속성'을 구체적으로 깨달았다고 한다.

한설야가 청운의 꿈을 안고 중국으로 건너간 것은 감옥에서 나온 그해 가을이었다. 여러 연구자들이 주목하는 이 '중국 체험'을 통해서 한설야는 한층 굳건하게 자신의 가치관을 형성한 것으로 보인다.

그동안 중국 체험에 대해서는 자세한 사항이 알려지지 않았으나 최근 서경석에 의해서 그 실상이 소개되어[8] 한설야를 이해하는 소중한 정보를 제공해준 바 있다. 이 글에 의하면 한설야는 1920년경부터 1921년까지 1년 남짓 베이징에 거주하였다. 거기서 베이징 육군항공학교 출신의 조종사로, 신채호와 함께 의열단(義烈團) 활동을 같이했던 서왈보(徐曰甫, 1895~1926)와 교유하면서 민족해방운동에 대한 중요한 정보를 얻는다. 서왈보는 1918년 이후 독립운동을 목적으로 만주와 몽고 일대를 전전하다가, 1919년에 육군항공학교에 입학하여 6개월의 조종사 훈련과정을 마친 인물로,

3·1운동 후에는 베이징과 톈진의 대학생들을 모아 대한독립청년단을 조직하였고, 항공학교를 졸업한 뒤에는 조종사 자격으로 의열단에 가입하여 항일투쟁을 전개하였다. 이후 서왈보는 신의단을 만들어 중국 베이징을 중심으로 활동하는 등 항일운동을 계속하다가 1926년 비행기 추락사고로 사망했는데, 한설야는 이 서왈보와 깊게 교류하면서 민족독립운동에 대한 여러 정보를 접했던 것으로 보인다. 서왈보가 죽자 한설야가 추도문에서 "민족을 생각하고 울었다마는 그는 편벽한 민족주의자만은 아니다"라고 서왈보를 평가했다는 것은 그와의 관계가 자못 돈독했다는 것을 시사한다. 서경석은 한설야의 이러한 체험이 카프에 가입한 뒤 일본을 중심으로 활동했던 카프 도쿄지부의 수장 이북만 등과 맞설 수 있었던 근거라고 보는데, 흥미로운 해석이다.

이 시기에 한설야에게 영향을 준 또 하나의 사건은 실연(失戀) 체험이다. 당시 대부분의 지식청년들처럼 그 역시 청춘기의 상처를 깊게 간직하고 있었다. 한설야는 1921년 만주에서 귀국한 뒤 도쿄로 떠나기 직전 서울에 잠시 머무는 동안 한 여인에게 깊게 빠져들었다. 그런데 그 사랑은 가족의 반대로 결실을 맺지 못한 채 끝나고 말았다. 대개의 첫사랑이 그렇듯이 한설야 역시 깊은 상처를 받는데, 특히 가족의 반대에 굴복해서 자신을 버리고 간 여인에 대한 반감이 매우 컸던 것으로 보인다. 한설야가 최초의 장편 『선구자』를 비롯한 초기 소설에서 그 사연을 빈번하게 언급한 것이나, 수필 「나의 인간 수업, 작가 수업」에서 그런 사실을 직설적으로 고백한 것은 그만큼 상처가 깊었기 때문일 것이다.

　나는 그 당시 한 사람의 젊고 아름다운 여성을 동경한 경험이 있다. 그러나 그것은 오래지 못했다. 하기는 벌써 나의 사정이 한 사람의 여성을 사랑하는 데 불리한 조건들을 가지고 있었던 것이다.

　더욱 시대가 시대인지라 젊은 아들들의 이상을 구속하는 가부장제하의 봉건 국가인 나의 가정은 옛날의 관습 그대로 나의 이상이나 행동을 아버지의 의사에 복종시킬 것을 완강히 요구하고 있었다. 아버지의 이상이 곧 나의 이상이어야 하며 그 이외의 일은 용허되지 않았다.

　그런데 또 하나는 나의 가정이 그런 불리한 조건들을 덮어 주면서 남의 선망을 받을 만치 부유한 가정이었다면 또 문제는 달리 틔어졌을지도 모르나 그러나 나는 그런 처지에도 있지 못했다. 그래서 결국 그 여성은 가고 말았으며 그것은 나에게 심리상 깊은 타격을 주었다.

　그때 청년들은 흔히 새 세대를 찾는 사람들의 특징이며 자랑으로 번민이니 오뇌니 하는 말을 했는데 나도 나의 연애문제로 하여 그런 심리상 고통을 느꼈던 것은 사실이다. 그러나 그러면서도 여기서 명백히 말할 수 있는 한 가지 특이한 사실은 그 때 나의 가슴에서 유연히 솟아 난 반발의 정신이다. 즉 나의 머리 한구석에서는 고민만 하는 나 자신에 대해서 또는 나를 버리고 간 그 사람에게 대해서 맹렬한 반격을 개시하였던 것이다.[9]

위 글에 따르면 한설야가 연애에 실패한 것은 아버지의 반대와 가정형편 때문이었다. 두 사람의 만남은 가부장적인 아버지의 의사에 반하는 일이었고, 또 가정의 경제사정도 넉넉하지 못했기 때문에 결국 헤어지게 된 것이다.

그런데 흥미로운 것은 그 사건을 받아들이는 과정에서 한설야는 외부적 조건보다는 '주체'의 나약한 의지를 탓하는 독특한 모습을 보여준다는 점이다. 즉 불리한 환경을 적극적으로 극복하고 연애를 성공시켜야 했으나 그와는 정반대로 "자기의 환경에 지지눌리며 곤란과 장애를 스스로 헤치려는 패기를 가질 대신에 도리어 그런 것에 치어 울며불며"했기 때문에 실패했고, 그래서 환경에 굴복한 "인간의 그 미운 연약함"에 대해서 강한 반발심을 갖게 되었다는 것. 주체의 의지에 따라 얼마든지 현실을 극복할 수 있지만, 자기나 그 여성은 그러지 못했고 그런 연약함으로 인해 결국 실패했다는 것인데, 이런 태도는 현실을 수긍하고 받아들이기보다는 자신의 생각(혹은 이상)에 비추어 현실을 부정하는, 현실보다는 주체의 의지를 중시하는 태도라 하겠다.

이 일련의 일화들을 통해서 한설야의 성격을 짐작할 수 있는데, 곧 한설야는 주체가 처한 환경보다는 그것을 극복하려는 '의지'를 중시하고, 또 상대의 처지와 입장을 존중하기보다는 자신의 생각을 앞세우는 인물이었다. 또 부친의 영향을 받아 유교적 선비와도 같은 강직하고 고집스러운 성격을 소유하고 있었다. 대표작 『황혼』에서 주인공 '여순'이 상황에 굴복하지 않고 그것을 헤쳐나가는 의지적 인물로 그려진 것이나, 1930년대 후반기에 쓰인 일련의 단편들에서 주인공들이 암울한 현실에 굴하지 않고 끝까지 맞서는 고집스런 태도를 보인 것, 그런 작품을 통해서 한설야 자신의 이념적 의도를 표명한 것 등은 모두 이런 성격에서 비롯된 것이라 하겠다.

문학청년의 꿈과 모색

한설야가 작가로서 첫 모습을 드러낸 것은 1925년 이광수의 추천에 의해서였다. 「그날 밤」이 이광수와 최서해의 추천을 받았고, 이후 본격적인 작가의 길을 걷게 된다. 그런데 최근 한 연구자에 의해서 등단 이전의 작품들이 발굴·소개되어 한설야가 문단에 얼굴을 드러낸 것은 그 이전인 1921년이라는 사실이 확인되었다.[10] 『매일신보』 1921년 3월 8일자 1면에 시 「부벽루에서」가 실려 있고, 4월 29일자 『동아일보』의 '독자문단'에 시 「효종」(曉鐘)이, 6월의 『청년』(4호)지에는 시 「봄비소리(외구름)」가 수록되어 있다. 또 1922년 7월에는 평문 「아나톨, 프랜쓰」가 『청년』지에 수록되어 있고, 동지 1923년 5월호에는 「트-ㄹ게네프의 산문시」가, 1924년 12월 『신여성』에는 「신혼의 가(歌)＝악극 '로-엥그링'의 일절」이 수록되어 있다.

당시 한설야는 특정 분야에 관심을 두기보다는 서양문학 전반을 두루 섭렵하는 상태였는데, 이들 작품에서 두 가지 사실을 지적할 수 있다. 하나는 실연의 상처가 여전히 묻어 있다는 점, 다시 말하면 한설야가 중시하는 삶의 가치를 다시금 확인할 수 있다는 사실이다. 그것은 「신혼의 가」에서 말한 다음과 같은 구절에서 드러나는데 곧, "지선지고의 애(愛)는 절대의 신뢰에 의하여서만 성립되는 것이다. 만일 그 신뢰에 일점 미진(微塵)의 흐림을 생(生)하는 때는 이미 애(愛)는 없다." 즉, "사랑은 절대의 신뢰로만 성립되는 것"이라는 진술에는 실패한 사랑에 대한 한설야의 뼈아픈 회한이 묻어 있거니와, 여기서 "신뢰의 상실이 곧 사랑의 종말"이라고 말한 대목은 한설야가 그만큼 주체의 믿음과 그에 대한 상대의 태도를 중시했다는 것을 보여준다. '신뢰'에 대한 이런 강조는 이후 여러 글에서 반복되는데, 한설야는 상대방을 한번 신뢰하면 끝까지 그 믿음을 유지하지만, 조금이라도 그것을 저버리면 철저하게 외면하는 단호하고 대쪽 같은 성격을 갖고 있었던 것이다.

이런 태도는 다음에서 살피겠지만, 자신이 '신뢰하는 가치'에 대한 믿음으로 이어지고, 궁극적으로는 어떠한 상황에서도 그것을 지키겠다는 완고한 집착으로 드러난다. 후일 한설야가 전주감옥에서 출옥한 뒤 동료들에게 심한 배신감을 느꼈던 것은 그들이 동지로서의 '신의'를 저버렸다는 판단에서였고, 월북 후의 『설봉산』이나 『력사』에서 줄곧 강조한 것도 바로 '신의'였다. 이런 고집스러운 성격으로 인해 그는 "소박하고 단순한 성격이 자기의 소임에 대하여 극히 충실"[11]하다는 평을 들었던 것이다.

또 하나, 이들 시에서는 문학청년으로서 한설야의 이상주의적 모습이 엿보인다는 점이다. 여기서 한설야는 현실보다는 미래의 꿈과 이상에 집착하는 모습을 보여준다.

인영도 업-는 부벽루상에
달마지 흐려고 발을멈츄니
대동수 꾸준이 져혼자가고

만상은 모─다 야의들입어
심사와 명상이 그윽홀때에
왼세상 똑가치 만들고저
인자훈 명월! 그오시도다

차별도 속박도 위협도업시
다가치 고읍게 한옷입히여
왼세계 고읍게 한옷입히여
왼세계 평화의 상징에노니
청풍은 능난훈 조화곡뜻에

밤빗은 적적히 깁허갈때에
평야굿 져편에 개형만뵈눈
원근의 연산을 바라보니
산넘어 고향이 그리워지네
　•「부벽루에서」전문

　사람의 그림자 하나 찾을 수 없는 부벽루에 올라 달맞이를
하는 과정에서 느낀 심정을 토로한 작품으로 문학청년다운
꿈과 이상이 느껴진다. 화자는 부벽루에 올라 대동강을 굽어
보면서 온 세상을 환하게 비추는 '명월'에 대한 감상에 빠져

든다. 명월과 자신을 동일시하고 그런 상태에서 차별 없는 세상을 만들고자 하는 꿈을 내보이는 것. 여기서 화자가 소망하는 곳은 "누구나 같은 옷을 입고 함께 평화를 누리는 곳"이라는 다소 추상적인 형태로 드러나지만, 거기에는 한설야의 사회적 가치와 이상이 투사되어 있음을 엿볼 수 있다. 개인의 부귀나 공명보다는 온 세계를 평화로운 곳으로 만들고자 하는 꿈은 자기보다는 타자를 위한 삶을 소망하는 공동체적이고 대타적인 태도의 표현으로, 한설야 소설 전반에서 목격되는 이상주의적 열정은 이러한 특성과 관계될 것이다.

이런 사실은 또 다른 시 「효종」을 통해서도 확인이 된다. 회색의 어둠을 뚫고 금빛의 새벽을 여는 '효종'을 통해서 화자는 만상이 함께 즐거워하는 세상을 희망하는데, 이 역시 사회적 가치와 지향을 내재하고 있다.

동천의 금선을
만상이 마음껏 즐길 때
모든 것이 다 가치 미소할 때
효월은 입을 담을고 사라진다
燐色의 꿈이 깨이는 순간에
위대한 얼골은 미소한다.
• 「효종」 5연

새벽종소리와 더불어 동트는 새벽의 모습을 표현한 소박한 내용이지만, 온 세상이 함께 즐기고 웃을 수 있는 공동체적 삶에 대한 동경과 희망이 엿보인다.

이들 시를 통해서 주체의 개인적 욕망보다는 사회와 도덕적 가치를 중시하는 한설야의 성격적 특성을 확인할 수 있다. 인간의 행동을 흔히 본능적 욕망을 중시하는 경우와 사회적 욕망을 중시하는 경우로 나누어본다면, 한설야는 후자에 무게중심을 두고 있는 셈이다. 더구나 그것은 현재의 사회적 상태가 아니라 미래에 대한 믿음과 의지를 투사한 것이라는 점에서 이상주의자에 가깝다고 하겠다. 후일 한설야가 마르크스주의에 매료되어 프롤레타리아 작가로 자신을 정립하는 것은 이런 주체의 이상주의적 성격이 중요하게 작용했기 때문이다. 그렇지만 그 '이상'이 아직은 구체적인 상(像)을 갖추지 못한 추상적이고 소박한 수준이다. 주체를 규정하는 사회현실에 대한 인식이 구체적이지 못하고 그것을 통합적으로 사고하는 흔적도 아직은 미흡한 수준에 머물고 있다.

이후 한설야는 1922년 도일(渡日)한 뒤 니혼대학에 입학한다. 하지만 학교에는 가지 않고 집에서만 소일하다가 1923년 가을에 도쿄대지진이 발생하자 곧바로 귀국한다. 귀국 후 1924년 북청에 있는 사립 대성중학교에서 교원으로 근무하지만, 그것도 잠시 이내 중단되고 마는데, 소위 '북청 자전거운동회사건'에 연루된 까닭이다. 당시 발간된 신문기사에 의하면, 함경남도 북청에서 열린 자전거운동회에서 함흥 선수가 집단으로 구타를 당해서 사망한 사건이 발생했고, 그것이 원인이 되어 함흥 출신의 한병도 역시 폭행을 당한 뒤 "함흥으로 돌아가라"는 압력에 부딪혔다고 한다. 이 사건을 계기로 한설야는 짧은 교원생활을 정리한 뒤 북청을 떠난다.[12]

등단과 초기 소설의 두 경향

한설야가 소설가로 정식 입문한 것은 이광수와 최서해의 주선으로 1925년 『조선문단』 1월호에 「그날 밤」을 발표하면서였다. 이전부터 시와 평문 등을 발표하면서 문학적 자질을 과시했지만, 공식적인 추천을 받지 못하다가 비로소 작가로 인정받기에 이른 것이다.

「그날 밤」은 한 여성을 사이에 둔 두 남성의 심리를 그린 것으로 "심리묘사가 뛰어나다"는 이광수의 평을 들었고, 실제로 작품에서 돋보이는 것은 두 인물의 섬세한 심리묘사이다. 비록 작품의 수준은 습작기의 소박함에서 벗어나지 못하지만, 이 작품을 통해서 한설야는 공식적인 작가로 인정받고 본격적인 문단활동을 시작하게 된다. 후일 한설야는 이 시기를 돌아보면서 "1일 1작이라도 넉넉히 쓸 자신"을 갖고 "불

면불휴(不眠不休) 창작에만 몰두"했다고 할 정도로 창작에
대한 높은 열정을 갖고 있었다.

「그날 밤」이란 창작이 춘원 이광수씨의 추천으로 『조선
문단』지에 발표되자 비로소 기운을 얻어 부지런히 작품을
썼다. 그야말로 문자 그대로 불면불휴였다.
　그리하여 수많은 작품을 써서 역시 『조선문단』지에 보냈
는데 전언으로 들은 말이지만 모두 추천에 직하는 것이라
하여 딴에 버쩍 신이 났다. 그러나 계속 발표될 까닭은 없
었다. 그래서 겨우 3편이 발표된 다음 동지는 휴간되었다.
　그러나 그때는 발표를 염두에 두는 것보다 쓰는 것이 급
하였다. 비상한 열의로써 1일 1작이라도 넉넉히 쓸 자신이
있었다.[13]

그런데 카프 활동을 하기 직전인 1927년까지의 작품들은
어떤 일관성을 갖기보다는 다양하고 또 프로 작가로서의 입
장도 분명하지 않은, 이른바 모색기의 소박한 수준이었다.
이를 두고 한설야는 후일 "서구 자연주의 작가의 영향 때문
이었다"고 말하는데,[14] 그 말처럼 어떤 일관된 경향이나 특
징을 갖추지는 못하고 단편적인 일화들을 작품화했던 게 이
시기 소설이다.

이 시기 작품은 크게 두 유형으로 나누어진다. 하나는 문학청년 시절에 구상했던 내용을 작품화한 것으로 짐작되는 자연주의적 특성을 보이는 것이고, 다른 하나는 현실에 관심을 집중하여 프로 작가로서의 면모를 드러낸 작품들이다. 전자에 속하는 작품으로는 「그날 밤」, 「주림」, 「동경」 등이 있고, 후자에는 「평범」과 「그릇된 동경」 등이 있다. 이 두 부류는 한설야가 자신의 작품을 3기로 나누는 과정에서 제1기로 분류한 작품들로,[15] 본능적 욕망보다는 사회적 가치와 이상을 중시하는 공통점을 갖고 있다. 말하자면 한설야의 작가적 특성이 다양한 모색 속에서 점차 형체를 갖추는 게 이 시기 소설이다.

1) 관능적 탐미와 사회적 자아

첫 번째 부류의 작품들은 갓 등단한 신인작가의 초기적 특성을 전형적으로 보여준다. 작품은 대체로 어떤 일화 하나를 소설로 가공한 듯한 인상인데, 문장이나 구성이 거칠고 다듬어지지 않은 모습이다. 한설야가 이 부류를 '자연주의적 경향'이라고 말했던 것은 이들 작품이 대체로 모파상이나 졸라와 같은 서구 자연주의 작가들을 모방해서 거칠게 성욕을 묘사하는 등의 습작기적 특성을 전형적으로 보여주기 때문이다. 이들 작품에는 어떤 주제나 이념보다는 하나의 제재를 다듬고 천착하는 신인으로서의 작품 구성력과 개성이 돋보일 뿐 현실을 보는 안목이나 묘사력은 소박한 수준에 머물고 있다.

「그날 밤」은 작가 자신의 실연 체험을 가공한 듯한 작품으로, 주인공 S가 길에서 우연히 H를 만난 뒤 청요릿집으로 자리를 옮기고, 두 사람이 함께 좋아했던 신여성 R에 대해서 이야기를 주고받는다는 내용이다. 여기서 R은 매우 분방한 성격의 소유자로, H와 동거하면서도 S에게 육체적인 욕망을 숨김없이 표현하는 인물이다. 그래서 H는 R에 대해 "나쁜 여자", "기생보다도 더한 여자"라고 비난하는데, 이는 본능보다는 사회적 가치와 도덕을 더욱 중시하는 태도로 볼 수 있다. 더구나 H는 매우 도덕적인 연애관을 갖고 있다. "러-브는 얼마던지 이동하는 것"이라는 생각을 토로한 S의 견해를 부정하면서 H는 "그런 부도덕한 일이 어데 잇느냐"고 역정을 낼 정도이다. 물론 작가가 작품에서 초점을 맞춘 것은 이런 측면이 아니다. R을 사이에 둔 H와 S의 심리, 특히 S의 이중심리를 표현하는 데 초점이 모아져 있으나, 작품의 한편에는 이렇듯 본능적 욕망보다는 사회적 가치를 중시하는 작가의 특성이 내재되어 있다. 그래서 이 작품은 "지식인으로서 당대의 유행사조에 편승하고 있으면서도 한편으로는 그것을 거부하는 완고함을 주인공의 이중심리를 통해서 표현했다"[16]고 평가되기도 한다.

「주림」에서는 이런 특성이 한층 구체화되어 나타난다. 여기서 작가가 관심을 보인 것은 한 남성의 관음증이다. 제목처럼 육체적 욕망에 굶주린 주인공 '경일'은 벽에 난 구멍을 통해서 남편이 출타한 뒤 혼자 남아 있는 옆방의 유부녀를 몰래 엿본다. 아내를 잃고 혼자 사는 까닭에 경일은 육체적인 욕망을 채울 수 없는 상태였고, 그런 '주림'의 상황을 관음증으로 풀고자 한 것이다. 이 과정에서 경일은 사별한 아내를 떠올리면서 옆방 여자를 겁탈하고 싶은 강렬한 충동에 사로잡힌다. 솟구치는 욕망으로 인해 도덕과 윤리의식은 마비되고 심지어 폭력마저 불사할 정도의 광기에 사로잡히는 것. 하지만 그런 격한 감정에 휩싸였음에도 불구하고 작품의 결말은 그와는 정반대로 허무하게 종결되고 만다. 즉 그날 밤에는 귀가하지 않을 줄 알았던 남편이 돌연 등장하고, 경일의 욕망은 이내 "서리맞은 풀잎같이 시들어"버리고 마는 것. 욕망이 충족되지 못하고 좌절된 형국인데, 이 과정에서 작용한 것이 곧 '남편'으로 상징되는 '현실'이다. '남편'이란 단순한 방해자가 아니라 경일에게는 현실의 힘이자 도덕의 상징이고, 한편으로는 '본능'을 억압하는 '초자아'와도 같은 것이었다. 남편의 출현으로 걷잡을 수 없었던 욕망이 허무하게 무너진다는 것은 그것을 억압하는 초자아가 작가의 내면에서 작동하면서 인물의 행동을 급격히 위축시킨 것이다. 이렇듯 이 작품에도 본능보다는 사회적 규범과 가치를 중시하는 한설야의 특성이 단적으로 드러난다.

「동경」은 앞의 작품들과는 달리 작가의 탐미적 성향을 엿보게 해주는 작품이다. 이 작품은 앞의 것과는 달리 작가의 연애 체험이 직접 투사되어 드러나지는 않지만, 한 여인에 대한 애정이 예술의 형태로 승화되고 그것이 매개되어 두 사람이 '무념무상'의 혼융 상태에 이른다는, 작가의 또 다른 특성을 보여준다. 작품에서 화자인 S가 K를 알게 된 것은 4년 전 도쿄미술학교에 재학할 당시 방학을 이용해서 잠시 귀국했다가 그녀가 근무하는 병원에 입원하면서였다. 거기서 그는 그녀의 정성어린 간호를 받았고, 퇴원 후 도쿄로 돌아갔지만 늘 그녀를 잊지 못하는 상태였다. 그런 연모의 마음을 간직하고 있던 차에 우연히 길거리에서 그녀를 다시 만난 것이다. 이 해후를 계기로 S는 K의 초상화를 그리게 되고, 그것이 발단이 되어 그녀에 대한 사랑을 키워간다는 내용이다. 이 과정에서 초상화를 완성한 후 두 사람이 그림을 감상하면서 내보인 다음과 같은 진술은 한설야 소설에서는 보기 힘든 독특한 예술적 취향을 보여준다.

「그렇습니다. 실물과 꼭 같이 그리는 것만이 오늘날 그림의 이상이 아닙니다. 그것만이면 사진—천연색 사진이 제일 낫겠지요. 학을 그리니 날아갔더니 말을 그리니 살아나서 곡식을 먹느니 하는 것은 그림이 실물과 꼭같다는 비유의 말이나 그것은 옛날 군소리요. 물론 형체를 여실히 그리기에도 힘 안씀이 안이지만 그림의 목적과 이상은 단순히 거기만 그치지 않습니다. 객체에서 받은 인상이며 그것을 향한 때의 자기의 심리를 잘 표현하고 그리고 그 객체를 통하여 우주의 큰 표현의 한끝을 분명히 암시하는 데 노력하지 않으면 안될 줄 알어요. 즉 옛날과 같이 객관적으로 물체만 똑똑히 그리려는 데서 훨씬 나아가 인상적이오 주관적이요 또는 상징적이라야 할 줄로 알어요. 더욱 지금 와서는 미래파 화가들은 이때까지 일직 보지 못하는 '때'라는 것까지 그림에 나타내려고 합니다.」

　알지 못할 손짓을 해가며 제 말에 스스로 취해가는 상이었다.[17]

그림의 목적은 실물을 사실대로 그리는 것이 아니라 객체에서 받은 인상을 표현하는 것이라는 것, S가 K의 초상화를 통해서 표현하고자 했던 것은 바로 그녀에 대한 느낌과 직관을 통해 포착된 영혼, 그리고 궁극적으로는 '우주의 오묘한 이치'였다. 말하자면, 객관현실을 반영하는 것이 아니라 주관적인 느낌과 인상을 표현하는 것이라는, 리얼리즘보다는 모더니즘에 가까운 견해를 보여준다. 게다가 작품의 끝부분에서는 그림을 감상하던 두 사람이 무아경지에 빠져 "손과 손이 서로 맞잡힌 것을 깨닫지 못"할 정도의 황홀경에 빠져드는데, 이는 미적 탐미와 육체적 욕망이 합일된 주관적 미의식의 극단적 표현으로 볼 수 있다. 그런 점에서 이 작품은 한설야 소설로는 매우 이채로운 것으로, 어쩌면 문학청년 시절 한설야가 지향했던 미의식의 한 단면이 아닌가 생각된다.

본능적 욕망과 미(美)가 하나로 결합된 이 극단의 탐미주의가 한설야가 지향했던 문학관의 한 측면이었기에 그는 현실보다는 이상적 가치에 더 집착했고 그것이 후일 사회주의에 대한 맹신과 계몽적 태도로 드러난 게 아닐까. 그렇다면 한설야의 초기작은 1920년대 초반의 궁핍한 현실을 고발하고 극단의 방식으로 부정하는 최서해나 박영희와 구별되며, 또 식민지 농촌에 대한 사실적 천착을 통해서 농민의 생명력에 주목했던 이기영과도 다른 독특한 상태에서 출발했다는 것을 알 수 있다.

2) 부정적 현실과 추상적 의식

이 부류의 작품에서는 사회현실에 대한 작가의 관심이 좀 더 구체적으로 표현되고, 또 암울한 현실을 타개하려는 의지적 인물이 빈번하게 등장한다. 한설야 소설의 특징을 사회현실에 대한 천착과 변혁적 열망의 표현으로 정리한다면, 이 부류 작품은 그런 특성이 구체적인 형태를 갖추는 초기 단계에 해당한다. 「평범」(1926)과 「그릇된 동경」(1927) 등에서는 현실에 대한 각성과 그것을 변혁하려는 의지적 인물이 등장하여 작가의 지향이 리얼리즘으로 한층 굳어지고 있음을 알 수 있다.

「평범」에서는 "몇 백 년만에 하나 나는 절세의 미인 Y"를 주인공으로 해서 가정적 질곡에서 벗어나 자신의 삶을 주체적으로 타개하려는 의지가 그려지고, 또 만주 일대를 유랑하는 민족의 비극적 실상이 실감나게 제시된다. 가령 화자가 만주에서 목격한 조선 사람들은 서로가 서로를 해치지 못해 안달하는 아비규환의 형국이다. "가득이나 나약한 무리가 모으면 갈라지고 갈라지면 잡아먹으려 하니 외로운 장수가 없다고 장차 어찌 하자는 말인지 알 수가 없었다"는 진술처럼, 만주에 살고 있는 조선사람들은 개인의 욕심만을 앞세워 서로 다투기 일쑤고, 그런 현실 앞에서 Y는 깊은 환멸감을 내보인다. 이 환멸감으로 인해 Y와 D는 결국 '러시아'로 떠날 결심을 하는 것이다.

—나의 살아온 생활을 부인한다. 나의 몸 붙여 온 사회

도 부인한다. 일절 옛 껍질을 벗어나서 참된 새 경지를 개척해가지고 새 주의 주장과 사상 감정을 살려보리라. 이 인간과 사회는 권력과 황금에 엉키어 새카만 굴속에서 번뒤치고 번뒤치여 왔다. 인간은 질식하리만치 모순과 압제와 부자유 가운데 헤매고 있다.[18]

"살아온 생활을 부인하고 몸 붙여 온 사회를 부인하면서 로서아"로 가겠다는 것, 여기서 물론 '로서아'는 사회주의 운동과 관련된 상징적 공간으로 나타난다. '로서아'는 이효석이 「노령근해」[19]에서 언급했던, "이상과 현실이 완벽하게 합치되는 곳"이다. 이 '로서아'에서 한설야 소설의 인물들은 이전의 자신을 부정하고 새롭게 출발하겠다는 결심을 내보이는데, 이는 인물들이 자신의 관념만으로 세상을 이해하는 것이 아니라 현실을 인식하고 거기에 맞게 자신의 행위를 조정하고 있음을 보여준다. 물론 그런 의식이 작가의 직접적 개입에 의해 처리되는 등의 부자연스러운 모습을 보이지만, 그럼에도 불구하고 거기에는 현실을 문제 삼고 변혁하려는 의지가 깊게 투사되어 있어 향후 소설의 행보를 중요하게 암시하는 것이다.

「그릇된 동경」은 오빠에게 보내는 편지 형식의 작품으로, 일본인과 결혼한 뒤 허영심에 사로잡혀 있던 여주인공이 자신의 삶을 회개하고 교사로 새 출발한다는 내용이다. 작품에서 시선을 끄는 것은 일본과는 다른 조선의 현실에 대한 자각이 구체적으로 언급된 대목이다. 앞의 작품이 만주에서 목격한 민족의 문제를 소재로 하고 있다면, 여기서는 식민모국과 피식민지의 차이를 인식하고 그 억압적이고 불평등한 관계를 통해 자신의 처지를 인식하는 한층 진전된 모습이다. 즉 여주인공은 남편이 일본인이라는 사실에 대해 한때는 행복을 느꼈으나 조선인에 대한 차별과 멸시를 경험하면서 점차 그의 실체를 깨닫게 된다. 게다가 오빠가 '불령선인'(不逞鮮人)으로 낙인찍혀 있었던 관계로 화자는 남편으로부터 모멸적인 언사와 함께 심한 협박을 당하고, 그리하여 "사랑에는 국경이 없다"는 기존의 믿음을 철회하고 대신 피식민지 민족으로서 자신의 냉정한 현실을 자각하는 것이다.

자신을 일본인과 동일시했던 것은 착각이고 자신은 한갓 피식민지 조선인에 불과하다는 인식, 그런 점에서 이 작품은 이전 작품과는 달리 한층 성숙한 주체의 모습을 보여준다. 이를테면 작중의 화자는 자신이 몸담고 있는 공동체와 그 현실을 자각함으로써 스스로를 객관화하는데, 이는 주관 속에 매몰된 유아적 상태에서 벗어나 현실을 수용하고 스스로를 재정립하는 한층 성숙한 모습이다. 더구나 식민모국인 일본과 피식민지 조선에 대한 자각은, 식민치하의 현실에서 '주

체'를 규정하는 가장 강력한 요인이 '일제'였다는 사실을 상
기하자면, 주체에 대한 자각이 한층 깊어졌다는 것을 알 수
있다.

> 나는 알았나이다. 총과 칼이 세력 있는 시대에는 어데를
> 물론하고 강한자가 문명인이요 약한자가 야만인인 것을
> 나는 알았나이다.[20]

약육강식의 사회진화론을 떠올리게 하는 이런 자각을 통
해서 화자는 일본인이라는 환상 속에서 살아왔던 과거를 반
성하고 과감하게 '주의자'로 변신하는 것이다. 일제에 대한
자각과 그로부터 벗어나고자 하는 탈(脫)식민주의적 의식이
단적으로 드러나는 대목이다. 물론 이 작품 역시 일제에 대
한 비판이 추상화되어 있고 또 형상화가 미흡해서 초기작의
한계에서 완전히 벗어나지는 못하고 있다.

「그 전후」(1927)에서도 이런 문제의식은 그대로 이어진
다. 이 작품은 '주의자'인 남편을 둔 여성 B의 변신을 소재로
하고 있다. B는 개간사업을 하는 시아버지를 모시고 사는 평
범한 여성이지만, 사회운동에 관여하는 남편은 그 아내가 자
신을 이해하지 못한다는 이유로 가출해버렸다. 게다가 시아
버지는 개간사업을 하면서 빌린 돈을 갚지 못해 가산을 모두

탕진하고, 급기야 화병을 얻어 죽음에 이른다. 이 과정에서 B는 오도 가도 못하는 참담한 처지가 되어 스스로 목숨을 끊기로 결심하는데, 그 순간 벼락처럼 세상의 이치를 깨닫고 '××방직공장'의 여직공으로 취직하는 일대 변신을 보여준다. 이후 그녀는 우연히 길거리에서 남편을 만나고, 서로를 이해하는 것으로 작품은 마무리된다.

이렇듯 이 작품 역시 주인공의 돌연한 변신과 남편과의 뜻하지 않은 해후 등 작위적인 모습을 여러 곳에서 보여주고 있다. 남편에게 버림받은 평범한 주부가 돌연 방직공장의 여공으로 변신하는 것이나 자신을 이해해주지 못한다는 이유로 아내와 가정을 버린 '주의자' 남편의 행동은 상식적인 견지에서 개연성을 갖기 힘들다. 그런 점들을 무시한 채 작가는 자신의 의도대로 평범한 여성을 공장노동자로 변화시킨 뒤 남편과 해후하고 서로를 이해하게 하는 것으로 작품을 종결짓는데, 이는 노동운동에 투신해야 한다는 작가의 이념적 의도가 강박관념처럼 작용해 인물의 성격화를 왜곡한 경우로 이해할 수 있을 것이다.

이렇듯 이 시기 작품은 인물의 성격화나 구성이 작위적이고 다듬어지지 못한 모습이다. 인물의 변화과정이 비약적으로 이루어짐으로써 서사의 흐름은 개연성을 상실하고, 주제를 천착하는 안목 역시 깊이를 갖추지 못하고 있다. 현실을 변혁하기 위해 운동에 투신해야 한다는 작가의 의도만이 상대적으로 두드러진 형국이지만, 그럼에도 현실을 이해하는 자기 나름의 비판적 태도가 견지되고 또 일제와 조선의 현실적 차이를 간파하는 등 작가의 안목이 점차 깊어지고 있음을 알 수 있다. 이러한 태도는 이후 마르크스주의와 결합하면서 한설야를 본격적인 프롤레타리아 작가로 변신시키는 것이다.

만주 체험과 카프

한설야는 1926년 봄, 부친이 많은 부채를 남기고 타계하자 가족을 이끌고 중국 동북지방인 무순으로 이주한다. 이 만주 체험은 한설야 문학의 전개과정에서 매우 중요한 의미를 갖는 것으로 평가되는데, 그것은 이 체험을 통해서 마르크스주의를 내면화하고 사회운동에 투신하는 까닭이다. 본인의 고백이나 이후의 작품들을 통해서 드러나는 것처럼, 만주에서 한설야는 문학보다는 사회과학 공부에 더 매진했고, 그것을 통해서 자신의 세계관을 보다 확고하게 정립하고자 했다. 노동자계급의 세계관과 목적의식적 역사발전론(곧 마르크스의 계급론과 사적 유물론)으로 무장하고, 그런 시각에서 현실을 이해하고 행동하는 운동가로 변신한 것이다.

그런데 때마침 집이 파산하여 나는 가족을 데리고 만주로 이주하지 않으면 안 되었다. 경향문학에 뜻을 가진 것은 이 때였다. 이때부터 나는 잠시 붓을 꺾고 읽기에 전심하였는데 작품을 읽기보다는 문학평론이나 사회과학을 읽기가 급하였다. 나의 대학에서의 전공이 사회학이지만 이것은 내가 특히 이 방면에 소질이 있어서라기보다는 문학자로서의 머리를 좀더 넓히고 무겁게 하고 단단히 하고 깊게 하기 위해서 그랬던 것이다. 그때 내 좁은 소견에는 문학은 좁은 세계의 일이요, 사회과학 일반은 넓은 세계의 지식이라고 생각되었던 것이다.[21]

　경향문학에 뜻을 두기 시작했고, 작품보다는 "문학평론이나 사회과학을 읽기에 급하였다"는 진술은 한설야의 문학이 구체적인 형체를 잡았다는 것을 말해주는데, 당시 그에게 중요했던 것은 문학이라는 '좁은 세계'가 아니라 사회과학이라는 '넓은 세계'였다. 더구나 그는 사회학을 전공한 까닭에 이전부터 사회현실에 대해 관심이 많았는데, 만주 체험은 추상적이었던 그의 생각을 구체적 신념으로 굳히는 계기를 제공했다고 하겠다.

　당시 한설야가 머물렀던 '무순'은 중국 굴지의 중공업도시로 성장한 심양의 외곽지대에 위치한 탄광촌이었다. 일제는 그곳의 경제적 중요성을 자각하여 1905년 이후 채탄소를 설치한 뒤 채굴권을 장악했고, 1907년에는 남만주철도회사를 설치하여 그것을 인수하였다. 그곳에서 한설야는 탄광촌의 풍경과 노동자들의 비참한 생활상을 지켜보면서 노동해방과 사회변혁의 필요성을 자각했던 것으로 보인다.

작가는 노동계급의 사상을 보다 철저히 자기의 혈육으로 하기 위하여 탄광노동에 종사할 목적으로 1926년 봄에 동북 무순 탄광을 찾아갔다. 놈들의 신분 조사 관문에 걸리어 노동 생활로는 들어가지 못하였으나 작가는 이 시기에 노동자들과 접촉하면서 새로운 생활 체험들을 쌓았으며 막스 레닌주의 서적 및 고전 문학 작품들을 널리 섭렵하였다. 「그릇된 동경」, 「합숙소의 밤」, 「인조폭포」 등의 작품은 이 시기의 생활 체험과 관련된다.[22]

한설야의 대표작인 「합숙소의 밤」과 「인조폭포」 등은 바로 이 시절의 탄광 체험을 담고 있다고 하는데, 이는 이후 노동 작가로 평판을 얻게 된 한설야 소설의 원천이 어디에 있었는가를 시사하는 것이다.

그런데 서경석은 안함광의 주장과는 달리 한설야가 무순으로 이주한 것은 1925년이고, 이주 동기 역시 안함광과는 달리 부친의 죽음 때문이었다고 한다. 한설야의 개인적 행적을 추적해볼 때, 그리고 여러 정황을 참작해볼 때 서경석의 견해가 타당한 것으로 보이지만, 여하튼 한설야는 이 만주 체험을 통해서 사회주의에 대한 신념을 확고하게 굳힌 것으로 판단된다.

한설야가 국내로 돌아온 것은 1927년 1월이었다. 귀국 후 한설야는 바로 카프에 가입하고 프로 작가로 활동하기 시작한 것으로 보인다.

한설야가 카프에 가입한 시기는 1925년이라는 주장도 있지만, 여러 자료와 정황에 비추어볼 때 1927년 1월 만주에서 귀국한 직후로 판단된다. 당시 카프는 1차 방향전환을 단행한 뒤 정치운동을 본격화하면서 운동단체로 급격히 성격을 변화시키는 중이었다. 카프는 1925년 8월에 결성되었으나 본격적인 활동을 시작한 것은 1차 방향전환을 단행한 1927년 이후였다. 1927년 '예술운동에서 정치운동에의 적극적 참여'와 '과학적인 방법론과 세계관의 정립' 등을 내용으로 하는 방향전환을 단행하면서 카프는 운동조직으로서 확고한 기반을 마련하는데, 이 과정에서 카프 지도부는 작가들에게 '당파성'(黨派性)의 확립을 강력히 요구하였다. '당파성'이란 현실에 대한 총체적이고 목적의식적인 인식이자 그것의 실천을 내용으로 하는 말로, 신경향파 시기의 현실에 대한 '즉자적인(즉 감정적인) 거부'에서 벗어나, '사회주의 혁명'이라는 거대한 목적을 위해서 현실을 이해하고 그것을 바탕으로 본격적인 투쟁을 전개해야 한다는 내용으로 요약될 수 있다. 그런 의도에서 카프 지도부는 신경향파 시기의 단순한 생활고와 그로 인한 절망적 상태의 묘사를 지양하고 사회의 구조적 모순들을 작품 속에 그릴 것을 요구했고, 그러한 사회모순에 맞서는 새로운 인간형과 구체적 전망의 제시를 주문한 것이다.[23]

한설야는 카프의 이런 흐름에 적극적으로 공감하면서 자신의 문학적 방향을 조정해나간다. 1927년 만주에서 귀국한 이후 조명희·이기영 등과 교우하면서 '새로운 문학'을 건설하기 위한 '야심'을 갖고 노력을 아끼지 않았다고 한다.

새로운 문학——혜성과 같이 돌연한 그러한 허황한 문학이 아니라 어디까지든지 과거의 문학과 또는 역사의 귀결로서 당연히 시대의 계승자로 등장할 필연성을 가진 그러한 문학을 희구하였고 그리고 훨씬 나아가서는 그러한 문학 수립에 대한 엄청난 야심(?)까지를 어느 정도까지는 가지고 있었던 것이다.

그리하여 우리는 문학을 논하는 동시에 어디까지든지

역사와 현실을 응시하려고 하였다. 그러나 다만 이러한——
19세기의 자연주의 문학이 가지든 그 정도의 피상적인 태
도에 머물려고는 하지 않았다. 더 나아가서 역사적인 필연
성과 현실의 본질을 굳게 인식하고 파악하려는 갖은 노력
을 아끼지 않으려고 하였다.[24)]

  "시대의 계승자로 등장할 필연성을 가진 문학"을 희구하
면서 "역사와 현실을 응시"하려는 노력을 경주했다는 데서
프로 작가로 변신한 한설야의 심경을 느낄 수 있다.
  프로 문학에 대한 한설야의 견해는 우선 평론을 통해서 구
체화되는데, 첫 포문을 연 것이 「무산문예가의 입장에서 김
화산군의 허구문예론——관념적 당위론을 박함」(1927. 4)이
다. 아나키스트 김화산의 문학론이 갖고 있는 허구성을 비판
하는 이 글을 발판으로 한설야는 이론가로서 입지를 굳히는
데, 여기서 한설야가 주목했던 것은 프로 문학의 내용과 방
향이었다. 즉 김화산이 주장하는 문학론은 당위적 사실을 언
급해서 외견상 그럴 듯해 보이지만 사실은 관념적이고 추상
적이다. 모든 사회변화와 정치적 변혁의 최종 원인(原因)은
'생산 및 교환방법이라는 물적 토대'에 있고, 따라서 그 폐해
를 철폐하는 수단 역시 그 생산관계를 통하지 않을 수 없다.
그 수단은 생산이 이루어지는 '물질적 사실'에서 발견될 수

밖에 없고, 따라서 오늘날 무산계급운동의 귀착점은 "마르크스주의적 견지에서 경제관계를 근본적으로 변혁시키는 데 있다"고 주장한다.

유물사관 견해는 생산과 그 다음 생산 교환이 모든 사회적 기초라는 명제로부터 출발하였다. 즉 역사에 출현하는 사회의 생산물의 분배, 사회의 ○○는 무엇이 생산되며, 또 어떻게 생산되며 그 생산물은 어떻게 교환되는가에 좌우된다는 명제로부터 출발하였다. (……) 즉 경제관계를 토대로 하여 가지고 관념 형태가 성립되는 것과, 관념 형태 즉 상부조직의 변화는 토대 즉 경제관계에 의한 것이라는 말이다. 하므로 사회의 근본적 ××은, 즉 금일의 무산계급운동의 귀착은 막스주의적 견지에서 경제관계를 근본적으로 변혁시키는데 있다는 말이다.[25]

"무산문학은 무산계급의 일 부대"이고 그렇기에 그 운동의 중요한 선전도구로 기능해야 한다는 주장이다. 곧, "우리에게 문제되는 것은 결론"이 아니라 "결론에 이르기까지의 철저한 이론과 내포"이고, 그것은 말을 바꾸자면 "예술은 선전·고발·선동이면 그만이다라고 하지만 위선 어떻게 해야 그것이 가능할지를 구명"[26]하고, 또한 "구예술의 퇴폐적·

괴멸적 · 자탄적 묘사 형식과 취재를 떠나서 강조적 · 발랄적 · 신생적인 것들을 내부적으로 정리 · 통일 · 연결시키는 것"이 무엇보다 필요하다. 말하자면 금일의 무산계급운동의 귀착점은 마르크스주의적 견지에서 경제관계를 근본적으로 변혁시키는 데 있다는 것.

이런 주장은, 과정을 생략한 채 도식적으로 결론만을 앞세웠던 프로 문학의 문제점을 자각한 뒤 그것을 극복하기 위한 나름의 방법론으로 제기된 것으로, 박영희와 윤기정 등이 보여준 선전성 위주의 경직된 예술관을 간접적으로 비판하고, 프로 문학의 새로운 진로를 제시하려는 의도를 갖고 있었다. 그런 의도대로 한설야의 주장은 김화산 등 아나키스트들로 인해 이론적 혼란을 겪고 있던 카프 내부에 시의적절하게 문제의 본질을 환기하고, 더불어 신진 이론가로서 자신의 입지를 굳히는 계기를 마련하게 된다.

그런데 한설야가 프로 이론가로서의 면모를 드러낸 것은 이보다 앞선 1926년경이었다. 1926년에 발표된 「예술적 양심이란 것」, 「계급문학에 관하여」, 「프로 예술의 선언」 등에서 문학의 사상과 양심의 문제를 언급하면서, 프로 예술에서 '무엇이 중요한가'를 언급한 바 있다. 특히 「예술적 양심이라는 것」을 통해서 한설야는 1925년 1월 『동아일보』 신춘문예 동시 부문 1등에 당선된 한정동의 「소금쟁이」가 일본의 동요를 번역한 것에 불과하다고 말하면서 문학에서 무엇보다 중요한 것은 '내용과 사상'이라는 것을 강조한다. '문학의 중심 생명'은 '내용과 사상'이기 때문에 언어의 표현이나 구성 등은 그리 중요하지 않으며, 따라서 내용이 같다면 표현이나 문장이 다소 바뀌었다고 하더라도 표절일 수밖에 없고, 그런 점에서 한정동의 작품은 일본의 동요와 내용이 같기 때문에 표절에 불과하다고 본 것이다. 이런 주장을 통해 한설야는 작품의 미적 가치보다는 주제와 사상을 중시하는, 프로 문학의 중요한 특성이자 이후 한설야 소설의 특질이 되는 '내용 중심의 문학관'을 선보이고 있다.

「계급문학에 관하여」에는 이런 생각이 보다 구체화되어 나타난다. 여기서 한설야는 "금일의 문예가 너무 부르주아 생활 예찬"이고 그로 인해 사회적 해독이 심하다는 것을 지적하면서, 문예가는 "사회가 인생에게 주는 위대한 힘"을 자각해야 한다고 말한다. 앞글의 내용을 현실에 적용해서 말한 것으로, 계급적 현실에 대한 인식과 역사발전 법칙에 대한 믿음을 내보이면서 문학의 역할을 말하고 있다.

한설야가 김화산과의 논쟁에서 문학과 현실의 문제를 거론하면서 김화산의 허구를 날카롭게 비판할 수 있었던 것은 이런 일련의 과정이 있었기에 가능했던 것이다.

이후 한설야는 자신의 논의를 더욱 발전시켜서 이른바 '프롤레타리아 리얼리즘론'을 제기한다. 프로 문학의 구체적 창작방법론으로 제시된 이 글에서, 한설야는 현실의 모순을 지양하면서 정 · 반 · 합으로 나가는 변증적 · 역사적 사실을 인식하고, 그것을 바탕으로 현실을 해석 · 구명하고 작품을 제작해야 한다고 말한다.

1. 대상을 매개성에 있어서 관찰할 수 있고 또 하지 않으면 안 된다.
2. 대상을 그 생성에 있어서 또는 운동에 있어서 관찰할 수 있고 또 하지 않으면 안 된다.
3. 대상을 전체성에 있어서 또는 구체적 특수성에 있어서 관찰할 수 있고 또 하지 않으면 안 된다.
4. 대상을 모순의 지양으로서 관찰할 수 있고 또 하지 않으면 안 된다.[27]

대상의 특성과 그에 대한 인식을 내용으로 하는 이런 주장은 사실 변증법적 유물론을 항목별로 정리한 것으로, 일종의 마르크스주의적 인식론이라 할 수 있다. 모든 사물은 운동한다는 점, 그 운동의 법칙을 포착하고, 그것을 통해 모순을 지양해야 한다는 것은 사회를 인식하고 변혁하는 하나의 방법론인 셈이다.

그런데 간과할 수 없는 사실은, 이들 논의에서는 일제의 식민지배를 받고 있던 조선의 현실에 대한 구체적인 언급이 거의 보이지 않는다는 점이다. 매개성, 사물의 운동, 대상의 인식, 모순의 지양 등 변증법의 기본원리들을 언급하고 사물을 인식하는 방법론을 강조하고 있으면서도 그 구체적 매개가 되는 식민치하의 현실에 대한 고민은 별로 드러나지 않는다. 한설야의 문학론이 현실적인 힘을 발휘하기 위해서는 그것이 적용되는 실제 현실에 대한 고민과 탐구를 전제해야 하지만, 아직까지는 그것이 보이지 않는다는 점에서 한설야는 프로 문학 전반이 안고 있었던 추상화와 관념화의 경향에서 벗어나지 못하고 있었던 것이다. 위의 평문들 외의 다른 글에서도 조선의 구체적 현실에 대한 고민을 찾기가 힘들다. 그것은 당시 한설야가 인용하고 있는 문헌의 대부분이 마르크스와 엥겔스의 원전, 즉 『자본론』이나 『반듀링론』이라는 사실에서도 확인되거니와, 한설야는 마르크스와 레닌의 원전을 빌려서 프로 문학에 대한 원론적인 견해를 피력하였고, 그로 인해 매우 단호하고 근본적인(radical) 모습을 드러내지만, 한편으로 도식적이고 관념적인 편향을 동시에 지니고 있었던 것이다. 한설야가 '아나키스트 논쟁' 당시 공산당원인 이북만과 충돌했던 것도 조선의 특수성을 고려한 이북만과는 달리 원칙주의적 입장을 완강하게 고수한 이런 태도에

원인이 있었다. 이북만이나 박영희·윤기정 등은 조직을 운용하는 지도자의 입장에 있었고, 그래서 조직이 처한 현실의 특수성을 심각하게 고려하지 않을 수 없었지만, 한설야는 그보다는 오직 원칙론에 의거해서 자신의 입장을 피력했고, 그래서 누구보다도 선명한 입장을 보였지만, 한편으론 조직이 처한 현실을 외면하는 추상론이라는 한계를 동시에 지니고 있었던 것이다.

그런데 주목할 점은 한설야의 이러한 태도가 주체의 측면에서 보자면 이른바 '허위 주체'의 형성 과정과 일정하게 연결되어 있다는 사실이다. 곧 하나의 인간이 온전한 주체가 되는 것은 자신에 대한 객관적인 규정을 통해서라고 할 수 있다. 그런데 그 규정이 '외부'와의 변증법적 교섭이 아니라 일방적으로 주어질 때 주체는 허위적 형태를 띨 가능성이 많다. 타자와의 상호교섭이 배제되고 대신 스스로를 외부에 의탁해서 규정하는 까닭에 비판과 성찰이 배제된 '동일화'가 이루어지는 까닭이다. 앞의 논의에서 볼 수 있듯이, 한설야는 실제 현실이라든가 프로 운동의 전략과 전술 등을 고려하지 않고 오직 원칙론에 입각해서 자신의 견해를 피력했고, 그래서 외견상 누구보다도 단호한 입장을 보이지만, 그 원칙이란 사실은 구체성이 배제된 추상에 불과하다는 점에서 관념적이고 동시에 윤리나 도덕의 문제로 귀착될 가능성이 농후했던 것이다.

한설야 문학이 보이는 계몽성은 이런 사실과 관계될 것이다. 한설야는 자신의 사회과학적 이념을 확고한 진리로 간직하고 있었고, 그것을 타자에게 전파함으로써 이상사회를 실현할 수 있다고 굳게 믿고 있었다. 종교인이 경전을 보배로 여기듯이, 한설야는 마르크스의 이념을 만고의 진리로 내면화하고 그것을 전파하는 유력한 도구로 문학을 생각한 것이다.

문예는 표현이나 묘사 형식에 있어서는 사회학이나 다른 과학과는 판연히 다른 것이지만 그 본연의 사명은 정의와 진리를 주창하여 사회와 인생을 지도 계발하는 것이라고 믿는다. 더욱 금일과 같은 계급적 대립을 굳게 인식하는 예술가로는 이 사실을 무엇보다도 명백히 관조하지 않을 수 없는 것이다.[28)]

문학 본연의 사명은 "사회와 인생을 지도 계발하는 것"이라는 견해로, 신소설을 읽으면서 감동을 받았고 막연하게 문학의 사명이 무엇인가를 자각했던 한설야의 이전 모습이 이제 마르크스주의를 통해서 구체적인 형태를 잡은 형국이다. 문학이란 본질적으로 이런 계도적 측면을 갖고 있는 것은 사실이지만, 한설야의 경우는 그것을 이데올로기와 결부시켜 의도적으로 강조한다는 점에서 한층 두드러지는 셈이다. 한설야 소설에서 인물의 행위라든가 사건 등이 실제 현실을 반영하기보다는 이념적 의도를 설파하는 경우가 많은 것은 이런 사실과 관계될 것이다.

귀향과 '과도기'의 세계

한설야는 1928년 봄, 카프 활동을 일시 중단하고 고향인 함흥으로 낙향한다. 이 귀향을 통해서 한설야는 중요한 문학적 전기를 맞는다. 사회과학적 신념과 열정에 사로잡혀 원칙적인 견해를 단호하게 토로했던 한설야가 이 시기의 체험을 통해서 그것을 현실과 연결해서 생각하고 조정하는 중요한 전환을 보여주는 것이다. 젊고 혈기왕성한 청년이 현실의 실상을 알고 난 뒤 새롭게 모색을 시작한 형국이라고나 할까. 그로 인해 이 시기 소설은 현실성을 갖고 한층 리얼리즘에 접근하는 모습을 보여준다.

한설야의 귀향은 카프 내부에서 이루어진 이론투쟁에서 자신의 정당성을 인정받지 못했고, 한편으론 당시 사회운동 전반의 흐름과 방향이 이른바 '제3 전선파'에 의해 주도된 데 중요한 원인이 있었다. 제3 전선파는 일본 유학생 출신의 한식 · 장준석 · 이북만 · 윤기정 등이 주도했는데, 이들은 자신들의 동인지 격이었던 『제3 전선』을 배포하고 전국 순회강연회를 여는 등 활발한 활동을 벌였다. 방향전환기에 처한 문예가의 직능은 "직접적인 정치투쟁, 무산계급의 완전한 해방이라는 대의에 예술이 복무하는 것"이라는 사실을 강조하면서, 기존의 카프 노선을 문예주의적·조합주의적 한계에서 벗어나지 못했다고 비판한다. 이후 이들은 카프의 주도권을 잡으면서 카프를 단순한 문학단체가 아닌 이른바 '정치투쟁의 집단'으로 변화시킨다. 1927년에 '신강령'을 채택하고, '공장 속으로, 민중 속으로'라는 슬로건을 앞세워 작가들에게 현장 속으로 들어갈 것을 강력하게 요구했는데, 한설야의 귀향 역시 현장을 중시하는 이런 카프의 정책과 일정하게 관련되어 있었다.

한설야의 회고대로 신강령을 채택한 이후 작가들은 "누구나 공장지대로 갈 것과 노동자들과 접촉할 것을 생각하였고 의식적으로 그런 기회를 가지려고 노력"하는 분위기였다.

그때 나는 흥남에 질소비료공장이 들어앉게 되어 회사 측의 토지 매수가 시작되었는데 이것은 이름이 매수이지 실상은 강탈이어서 불가피 회사 대 주민 사이에 분쟁이 야기되었다. (……) 흥남은 나의 고향에 인접한 해안이니만치 나의 관심은 컸으며 나는 이것을 작품화하기 위하여 몇

번 고향에 돌아가서 현지로 가 보았고 그곳 주민들과 만나서 담화도 하였다. (……) 그리하여 나는 단편 「과도기」와 「씨름」에 대한 구상을 하기 시작하였고 고향에 눌러 있으면서 인민 항쟁의 거세찬 파문 속에서 이 작품들을 탈고하였다.[29)]

작품 창작을 위해서 고향을 찾았고 또 주민들과 만나서 대화도 나누었다는 것, 이 시기 이후 작품들이 이전과 상대적으로 다른 모습을 보이는 것은 이런 사실과 관계될 것이다. 앞에서 언급한 대로, 완고한 원칙주의를 견지하면서 현실을 상대적으로 소홀히 했던 작가가 구체적인 현실로 눈을 돌리면서 자신의 입장을 새롭게 조정한 것이다. 이는 프로 문학의 이념에 사로잡혀 관념적 주장을 앞세웠던 이기영이 고향인 천안으로 내려가 농촌 현실을 관찰하고 그 경험으로 「서화」(鼠火), 『고향』을 창작한 사실과 비교될 수 있다. 『고향』이 천안 일대에서 목격한 농촌의 현실을 사실적으로 담고 있듯이, 「합숙소의 밤」, 「홍수」, 「인조폭포」, 「과도기」(過渡期), 「씨름」 등에는 함흥 일대의 실상이 구체적인 형상으로 포착되고, 인물의 성격 역시 한층 현실적으로 변해 있다. 일제식민통치 하에서 전체 인구의 80퍼센트 이상을 차지한 게 농민이고 또 사회 전반이 반(半)봉건적 수준이었던 '조선의 특수한 현실'에 대한 자각이 서서히 이루어지는 것이다. 그런 변화를 바탕으로 당대 현실의 변화과정을 사실적으로 포착한 작품이 프로 문학의 중요한 성과로 꼽히는 「과도기」이다.

「홍수」(1928)는 이 「과도기」로 나가는 전단계의 모습을 보여주는 작품으로, 가난한 사람들에 대한 작가의 애정이 강하게 배어 있다. 가령 마을에는 두 개의 둑이 있다. 아랫둑은 돈 많은 사람이 관리하는 관계로 높고 또 튼튼하지만, 윗둑은 가난한 개간민이 사는 B촌에 물을 대는 것이어서 상대적으로 부실하다. 이 둑이 무너지면 B촌 사람들의 1년 농사는 수포로 돌아가고 마을 전체는 수몰될 위기에 처한다. 그래서 B촌 사람들은 둑이 터지는 것을 막기 위해서 가래로 흙을 날라 둑을 보강하는 등 안간힘을 쓰지만 물의 수위는 그들의 기대를 배반하고 점점 높아만 간다. 이런 위기의 순간에 천행으로 아랫둑이 터지면서 물이 빠지고, B촌을 위협하던 윗둑의 수위가 점점 낮아진다는 내용이다.

여기서 작가는 부자와 빈자를 대립시키고, 전자를 사악한 존재로 보는 반면 후자를 순박하고 양심적인 존재로 제시한다. 프로 문학에서 흔히 볼 수 있는 빈부의 대립과 갈등을 답습한 형국이지만, 앞 시기의 작품과 비교해볼 때 구체적 공간과 사건을 바탕으로 서사가 구성되어 작품의 개연성이 한층 높아진 것을 볼 수 있다. 가난한 사람과 부자의 상반된 이해관계를 '둑'이라는 구체적 매개를 통해서 포착하고 '개간지'라는 구체적 공간을 설정한 뒤 그곳에서 살아가는 가난한 민중의 모습을 제시한 것은, 「과도기」의 '창선'과 같은 인물이 살아가지 않을 수 없는 구체적 '현실의 발견'이라는 점에서 중요한 의미를 갖는다. 앞에서 언급한 '프롤레타리아 리얼리즘론'에서 한설야는 '매개'를 통해서 대상을 인식해야 한다고 말했는데, 여기서는 그런 원칙에 의거해서 현실을 한층 구체적으로 포착하는 변화를 보여준 것이다. 물론 B촌 사람들의 인위적인 노력에 의해서 둑이 보존되는 것이 아니라 천행으로 아랫둑이 터지고, 그것이 서사의 반전 요인이 된다는 점에서 우연성이 개입되어 있지만, 그런데도 가난한 사람들에 대한 부자들의 태도를 구조적으로 포착해냈다는 것은 중요한 성과라 할 수 있다. 물론 이 작품 역시 가난한 사람을 착취하는 부자들에 대한 적대감과 또 그들의 필연적인 몰락에 대한 도식적인 믿음이 전제되어 있다. 부자들은 반드시 몰락할 것이라는 마르크스주의적 믿음에서 현실을 보고 있고, 그런 주관적 믿음에서 부자를 상징하는 아랫둑을 무너지게 한 것이다.

「인조폭포」(1928)는 요령벌 C촌에 사는 화자 수돌의 체험을 소재로 한 작품이다. 작품의 내용은 만주 원주민들의 학대로 인해 비극적인 생활을 하는 이주 조선인들의 비참한 생활상이다. '인조폭포'는 조선을 떠나 유랑하는 사람들이 만주로 몰려드는 모습이 마치 작열하는 '폭포'와도 같다고 해서 붙인 이름이다.

확실히 폭포가 올핫다. 폭포라도 사람이 지은 사람의 폭포다. 그러타 그것은 사람이 맨든 ××× 그 사람이 맨든 야바우 폭포다. 발서 백만이라는 수량이 이 만주에 밀여 넘어오지 안엇는가 ××× 이십 분의 하나이 이 땅에 불니여왓다고 생각하면 누구나 그 야바우를 놀랄 것이다. 무서운 폭포는 백의의 무리를 ××× 기고 잇다. 저이가 맨든 조화틀을 힘껏 재조껏 거세게 놀니며 한손으로 ×××다.[30]

조선에서 더 이상 먹고살 수 없는 상황에서 많은 조선인들이 만주를 향해 떠나지만, 만주에서의 삶은 그들의 기대와는 달리 결코 순탄하지 않다. 정치적 배경을 갖고 있는 '지나인'들은 갖은 방법으로 조선인들을 학대하고, 조선인들은 맘 놓고 경작할 수 있는 전답 하나 갖고 있지 못하다. M시에서 만난 화자의 어린 시절 친구 '은순'은 그런 조선인의 비참한 생활을 상징적으로 보여준다. 즉 농사철이 끝나고 광산으로 돈벌이를 나갔던 화자는 우연히 M시에 들렀다가 유곽에서 몸을 파는 처녀를 만난다. 집안이 망한 뒤 창녀로 비참하게 연명하는 은순이었다. 화자는 은순을 그곳에서 탈출시키려고 하지만 결국 모두 잡히고 만다는 내용이다.

이런 내용을 통해서 작가는 고리대와 높은 임대료에 시달리면서 생존권마저 박탈당할 처지에 놓인 조선인들의 험난한 생활상을 고발한다. 은순이라는 여성을 통해서 창녀로 전락하게 된 과정을 포착해내고, 그곳에서 탈출시키고자 한 것은 극단의 투쟁을 통해서 현실을 부정했던 관념적 도식성에서 벗어나 한층 현실의 실상에 접근한 모습이다. 더구나 이 작품은 나라 없이 떠도는 민족의 비애를 지나인과의 대비를 통해서 묘사하는 등 한층 생동감 있는 구성방법을 보여주고 있다.

「과도기」(1929)는 이러한 성과를 바탕으로 작가의 이념적 지향이 구체적 현실과 결합해 당대 사회의 변화상을 구조적으로 포착해낸 수작이다. 그동안 임화를 비롯한 여러 평자들이 이 작품의 의미를 분석하고 평가했던 것은 그만큼 많은 문제성을 지니고 있었기 때문이다. 임화의 지적처럼, 「과도기」는 "현실에서 분열된 관념과 관념에서 떨어진 묘사의 세계를 단일한 메커니즘 가운데 형성한 작품"[31]으로, 말하자면 작가의 이념과 실제 현실이, 그리고 이념적 의도와 묘사가 절묘하게 조화를 이루고 있다.

그것이 가능했던 것은 무엇보다 실제 현실을 창작의 배경으로 도입한 데 있다. 작품의 배경이 되는 흥남은 질소비료 공장 부지 인수문제로 주민들이 집단이주를 당하고 이후 일본 당국과 여러 차례의 충돌이 발생했던 곳이다. 산업화가 진행되면서 농촌분해가 본격화되고, 농민이 노동자로 거듭나지 않을 수 없는 상황, 거기다가 자본가들의 착취가 본격화되는 산업화 초기 현실을 한설야는 고향에 돌아와서 목격했고, 그것을 생생하게 포착해놓은 것이다. 흥남은 비료공장을 중심으로 좌익이 발원한 곳이고 적색노조와 농조가 활발하게 활동했던 곳이어서 일제에 대한 저항의 보루와도 같은 곳이었다. 해방 후 한설야가 적색농조와 노조를 비롯한 좌익운동을 본격적으로 형상화한 『설봉산』 등을 창작할 수 있었던 것도 그런 체험이 있었기에 가능한 일이었다.

「과도기」에서 특히 돋보이는 것은 이전 작품과는 달리 시대현실에 적극적으로 대응하는 한층 성숙한 '주체'의 모습이다. 그것은 우선 주인공 '창선'의 성격이 현실적 계기를 통해서 형성되는 데서 드러난다. 작중의 창선은 과격하게 투쟁구호나 외치는 어설픈 투사가 아니라 자신의 체험을 바탕으로 현실을 이해하고 행동하는 사려 깊은 인물이다. 창선의 귀향은 만주에서 더 이상 살 수 없어서 불가피하게 이루어졌고, 한편으론 막연한 희망을 안고 이주했던 삶이 실제 현실에 봉착해서 맞게 되는 필연적인 귀결이기도 했다. 전문적인 지식이나 기술도, 그렇다고 정착자금도 갖고 있지 못했던 알몸뚱이의 상태에서 창선이 이주한 곳은 만주였다. 그런데 그곳에는 이미 토착민들이 살고 있었고, 더구나 그들은 중국 정부의 비호를 받고 있었기 때문에 조선사람들에게는 넘기 힘든 '큰 산'과도 같은 존재였다. 창선이 귀향한 뒤 어머니에게 "소문만 듣고 갔다가는 큰일 납니다. 그렇게 죽고 몰려대니는 사람이 부지기수랍니다. 오죽하면 이 겨울에 나왔겠읍니까"라고 토로한 것은 그런 만주생활의 험난함을 단적으로 시사한다. 그래서 만주에 대한 막연한 동경을 안고 떠났던 사람들은, 창선으로 상징되듯, 필연적으로 다시 유랑의 길에 들어서지 않을 수 없게 된다.

이런 현실을 배경으로 성격화된 인물이 주인공 '창선'인 관계로 작품은 이전처럼 이념적 의도를 직설적으로 드러내는 생경함에서 벗어나 있다. 작가는 이념적 시선으로 현실을 선(先)규정하지 않고 대신에 주인공을 통해서 현실의 변화과정을 포착해내고 그것을 역사의 흐름과 연결시키고 있다.

창선의 노동자화는 전근대의 농경사회에서 근대산업사회로 넘어가는 과도기적 현실을 상징적으로 보여주는데, 가령 창선의 귀향은 만주 일대를 부랑하는 조선사람들이 선택할 수 있는 여러 가능성 중의 하나였다. 만주에서 조선사람들이 살아남을 수 있는 길은 이태준이 「농군」(農軍)에서 포착한 것처럼, 만주족과의 투쟁을 통해서 삶의 터전을 새롭게 개척하거나 아니면 「과도기」에서처럼 고향으로 다시 돌아와 정착하는 방법이 있을 것이다. 작가는 창선을 통해서 후자의 길을 선택한다. 하지만 귀향이 곧바로 새로운 생활의 터전을 마련하는 게 아니라는 데 문제가 있다. 조선의 부모 형제 역시 고통스러운 생활을 하고 있기는 마찬가지고, 그런 상황에서 귀향민이 택할 수 있는 길은 몸(노동)을 파는 일, 유일한 자산이자 생산의 도구인 육체노동자로 변신하는 길밖에는 달리 없다. 하지만 그 역시 쉬운 일이 아니어서 노동을 팔 수 있는 공장과 시설이 있어야 한다. 그런데 식민지 근대화는 그런 사회·경제적 환경을 조성했고, 창선은 거기에 맞는 새로운 주체로 스스로를 탈바꿈하지 않을 수 없는 환경에 처한 것이다.

귀향 후 창선의 눈앞에 펼쳐진 현실은 이전의 농경사회가 결코 아니었다. 고향집이 있던 창리는 상전벽해와도 같이 흔적도 없이 사라졌고 마을사람들은 모두 이웃의 구룡리로 이주했다. 공장 부지가 조성되고 공장이 들어서는 등 산업화가 본격적으로 진행되고 있었던 것이다. 이 엄청난 변화를 목격하면서 창선은 "구운 가재미에 참조 점심을 꿋꿋이 먹고 엉금엉금 김매던" 시절은 이미 "꿈인 듯 옛일"이 되었음을 직감한다.

그러나 지금은 모든 것이 달라졌다. 산도 그렇고 물도 그렇다. 철도길이 고개를 갈라놓고 창리 포구에 어선이 끊어졌다. 구수한 흙냄새 나는 마을이 없어지고 맵짠 쇠냄새 나는 공장과 벽돌집이 거만스럽게 배를 붙이고 있다. 소수레가 끊어지고 부수레(기차)가 웽웽거린다. 농군은 산비탈 으슥한 곳으로 밀려가고 노가다(노동자)떼가 쏘다닌다. 땅은 석탄 먼지에 검게 쩔고 배따라기 요란하던 포구는 파도소리 홀로 쓸쓸하다. 그의 눈에는 땅도 바다도 한결같이 죽은 듯했다. 기계간 벽돌집 쇠사슬 떼굴뚝이 아무리 야단스러워도 그저 하잘것없는 까닭 모를 것이었다.[32]

자기가 태어난 고향이라고 그리워하며 돌아왔으나 막상 눈앞에 펼쳐진 현실은 그런 기대를 완전히 배반한 것이었고, 그런 사실을 접하면서 창선은 섬뜩한 두려움을 느끼지 않을 수 없다. 조선으로만 돌아오면 무슨 일이든지 할 수 있으리라고 믿었으나 막상 와보니 찾던 '일'은 어디에도 존재하지 않았고, 그런 상황에서 창선은 닭 쫓던 개 지붕 쳐다보는 격으로 탄식을 금하지 않을 수 없었던 것이다. 더구나 "검은 굴뚝이 새 소리를 외치고 눈 서투른 무서운 공장이 새 일꾼을 찾으나 그것은 너무도 자기 몸과 거리가 먼 것"처럼만 느껴진다. 말하자면 창선은 옛날의 농경적 사고에 사로잡혀 있었지만, 현실은 이미 공장이 가동되고 노동자를 필요로 하는 근대화된 공간으로 탈바꿈해버렸던 것이다.

이 작품의 문제성은 이 급변한 현실에서 주인공 창선이 그 변화를 외면하지 않고 수용하면서 새로운 주체로 스스로를 변화시킨다는 데 있다. 노동자가 된다는 것은 두려울 수밖에 없으나 처자식을 부양하고 살기 위해서는 그 외에는 다른 방법이 없었던 까닭에 마침내 노동자의 길을 선택하는 것이다.

이 과정에서 작가는 변화된 시대상을 보여주기 위해 농촌에서 널리 불리던 민요를 삽입하여 서사를 한층 풍요롭게 하는 수완을 발휘한다. 창선이 고향을 떠나기 전에 널리 불렸던 민요는 근대화 이전의 농경사회의 생활상을 단적으로 보여준다.

꿀보다 더 단 건 진고개 사랑
놀기나 좋기는 세벌상투
아리랑 아리랑 아라리요
아리랑 고개로 날 넘겨라

시냇가 강변에 돌도 많고
이내 시집에 말도 많다.

이 민요가 불렸던 시절은 "노래와 얘기로 해 가는 줄을" 몰랐던 때였다. 소를 말뚝에 매어놓고 수수께끼·각시놀음·말놀음을 즐기고 바닷가에 나가서 그물에 고드름같이 달린 고기를 잡아냈던 시절, 하지만 이제는 더 이상 돌아갈 수 없는 아득한 추억이 되었는데, 작가는 그런 사실을 '농요'가 사라지고 그 자리를 "옛 살림을 빈정대고 새 살림을 자랑하는 노래"가 대신한 것으로 포착해내고 있다.

장진물이 넘어서
수력 전기 되고
내호 바닥 기계 속은
질소비료가 되네
아-령 아-령
아라리가 났네
아리랑 고개로
넘겨넘겨 주소

논밭간 좋은 건
기계간이 되고
계집애 잘난 건 요릿간만 가네.

전기가 들어오고 공장이 건설되면서 들판에서는 더 이상 격양가(擊壤歌)를 들을 수 없다. 논밭이 공장 부지로 변하고 잘난 계집은 요릿집으로 몰리는 등 급격한 변화의 물결을 타고 생활이 한층 각박해진 것이다. 창선이 토로한 "과도기의 공포"는 그런 변화에 편승하지 못하고 뒷전으로 밀려난 농민들의 비애를 실감나게 보여주는 셈이다.

이렇듯 「과도기」는 현실을 이해하고 수용하는 작가의 태도에서나 현실의 이면을 꿰뚫는 시각에서 이전과는 현저히 다른 모습이다. 추상적이고 관념화된 형태로 '주체'의 이상을 표현했던 것과는 달리 여기서는 현실을 사회·경제적인 측면에서 포착하고 그런 현실에 맞게 변하는 주체를 그려냈다는 점에서 작가의 시각은 한층 성숙해져 있다. 더구나 작가는 급격한 시대 변화를 냉정하게 직시하고 "새 살림을 자랑하는 씩씩한" 것으로 수용하는 낙관적 태도를 시종일관 견지한다. 시대 변화를 돌이킬 수는 없지만 결코 삶의 희망을 포기하지 않겠다는 민중들의 낙천적 의지를 간파하고 있었고, 그런 점에서 작품은 일제치하에서 타율적으로 진행된 자본주의가 조선 민중의 삶을 어떻게 변질시키고 거기에 민중이 어떻게 대응했는가를 보여준 시대·풍속사적 의미를 지닌다고 하겠다.

전형기 문단과 『황혼』의 상징성

카프에서 활동했던 시절 한설야는 식민치하의 궁핍한 현실을 온몸으로 감당해야 하는 고통스러운 생활을 하였다. 안정된 직업이 있었던 것도, 그렇다고 자산이 넉넉하지도 않았던 관계로 곤궁한 생활을 면할 수 없었던 것이다. 1932년에 잠시 『조선일보』에서 기자생활을 하면서 생활의 안정을 찾는 듯했으나 그마저 오래가지 못하고 이내 중단된다. 1934년 8월 '신건설사 사건'으로 불리는 카프 2차 검속에 연루되어 투옥된 까닭이다.

'신건설사 사건'이란 카프의 연극부서인 '신건설사'가 전주에서 공연을 할 당시 무대에서 삐라가 발견되었는데, 그것을 계기로 카프를 탄압하고자 했던 일제에 의해 이기영·한설야·윤기정·송영 등 카프 성원 23명이 체포된 사건을 말한다.[33] 이 사건을 계기로 카프 조직은 거의 와해되고 급기야 1935년 김남천 등에 의해 해산계를 제출한 뒤 공식적인 활동을 중단한다. 일제는 대륙침략을 본격화하면서 모든 합법운동을 금지시켰고 그 과정에서 카프 역시 된서리를 맞은 것으로, 작가들은 조직활동을 중단하고 칩거하면서 작가로서의 명맥을 미미하게 유지할 수밖에 없게 된다.

문단에서 전형기(轉形期)가 조성된 것은 이런 상황에 원인이 있었다. 전형기란 프로 문학의 퇴조에서부터 일제 말기까지의 시기를 지칭하는 말로, 어떤 중심적인 흐름이나 사상이 존재하기보다 다양한 모색이 이루어졌던 때를 말한다. 객관적인 정세의 악화로 인해 전형기가 조성된 까닭에 작가들은 한치 앞의 현실을 예측하기 힘든 혼란에 직면하는데,[34] 가령 "얻은 것은 이데올로기요 잃은 것은 예술이다"라는 유명한(?) 말을 남기고 카프 탈퇴를 공식 선언한 초기 카프의 맹장 박영희나, "비애의 성사(城舍)" 곧 카프를 탈퇴한 뒤 이념성이 제거된 이른바 '휴머니즘론'을 전개한 백철의 경우처럼 시대 상황의 악화는 작가들로 하여금 더 이상 기존의 믿음을 유지하지 못하고 무력한 존재로 전락시켰다.

'신건설사 사건'으로 전주감옥에서 2년 가까운 시간을 허송한 뒤 1935년 12월에 출옥한 한설야가 직면한 것은 바로 이 전형기의 현실이었다. 민족운동이 종적을 감추고 사회운동의 전면에 섰던 많은 인사들이 훼절하는 현실을 목격하면서 한설야는 몹시 당황했던 것으로 보인다. 작가들은 기존의 사회운동에 대한 믿음을 포기하거나 아니면 회의하는 등 자포자기의 모습을 보였고, 더구나 자신이 몸담고 있던 카프는 유명무실한 존재가 되어 형체마저 사라져버렸다. 집단의 힘으로 사회변혁을 꿈꾸며 문학을 그 실천의 도구로 규정했던 작가들이 카프의 해산과 검속·전향 등의 암울한 현실 속에서 심한 비관론에 빠져든 것이다. 또한 독일과 이탈리아·일본을 필두로 한 군사 파시즘의 한파는 전세계를 강타해서 작가들로 하여금 한치 앞을 내다볼 수 없는 무력감에 빠져들게 했고, 이들의 유일한 믿음이었던 사회주의 러시아마저 아무런 힘을 행사하지 못한 채 스탈린 독재로 치닫고 있었다. 이런 상황에서 문인들은 자신이 견지하고 있는 '신념'이 과연 옳은지, 그리고 그것이 과연 사회를 변화시킬 수 있는지 하는 등의 근본적인 회의를 품게 된다. 유행처럼 씌어진 이른바 '전향소설'(轉向小說)에는 작가들의 그런 불안한 심리가 단적으로 노출되어 있다.

한설야가 전주감옥에서 구상한 것으로 알려진 장편 『황혼』을 『조선일보』에 연재한 것은 이런 시대 현실을 배경으로 하고 있다. 작품 전반에 걸쳐 암울한 시대 현실이 투사된 것이나 주인공 경재가 방황 끝에 미래의 출구를 찾지 못하고 절망적 상황에 직면하는 것 등은 모두 그런 시대 분위기와 관계되어 있다. 하지만 작가는 그런 현실에 굴복하지 않고 주인공 여순을 과감하게 노동자로 변신시킴으로써 암흑기를 돌파하는 새로운 '주체'를 창출해내는 고집스러운 모습을 보여준다.

『황혼』은 한설야의 문학세계를 대표하는 최고의 소설이다. 『황혼』은 1936년 2월 5일부터 10월 28일까지 205회에 걸쳐 『조선일보』에 연재된 작가의 첫 장편으로, 작품의 구상을 "전주감옥에서 했다"는 고백처럼, 작가가 오랫동안 고심해온 노동자계급의 의식화 과정과 투쟁, 올바른 삶의 방향과 가치 등을 집약하고 있다. 전반부는 방직공장을 둘러싼 김재당과 안중서의 일화가 중심 서사를 이루며, 후반부는 공장노동자들의 공장생활과 인원 감축에 맞서는 노동자들의 투쟁과 주인공 경재와 여순의 고민과 행방이 추적되고 있다. 노동자로 변신하는 여순과 소시민의 삶에 안주하는 경재의 대비는 작가가 오랜 동안 고심해온 사회과학적 신념을 구체적 형상으로 표현한 형국이고, 그런 관계로 작품은 식민치하의 노동현실과 노동자들의 당면 문제를 다룬 노동소설의 백미이자 프로 문학의 전개과정에서 가장 문제적인 소설로[35] 평가되기도 한다.

『황혼』에 대한 기존의 평가는 크게 긍정과 부정으로 나누어진다.『황혼』을 긍정적으로 평가한 경우는 작품이 1930년대 노동현실과 노동자들의 당면 현안을 밀도 있게 묘사했고, 특히 '여순'을 통해서 당대 노동자들의 가치와 지향을 대변했다는 것으로 정리된다. 식민지 근대화에 따른 산업합리화 정책과 그에 부응하지 못하고 몰락하는 토착자본가, 노동현장의 문제를 지적하고 타개하려는 노동자들의 집단행동, 부르주아적 삶을 거부하고 과감하게 노동자로 변신하는 여순의 행동 등이 당대 현실의 실상과 가치를 단적으로 보여준다는 주장이다. 하지만 이와는 정반대로 작가의 의도가 투사된 준식과 여순의 행방, 특히 소시민적인 삶을 거부하고 과감하게 노동자로 변신하는 여순의 선택은 민족운동이 종적을 감추다시피 한 암흑기의 현실에서는 도저히 불가능한 행동이었다는 점에서, 『황혼』을 '관념의 조작물'에 불과하다고 혹평하기도 한다.[36] 물론 이 두 상반된 평가는 서로 다른 입장에서 작품을 보고 있지만, 사실 『황혼』은 이런 두 개의 문제점을 동시에 갖고 있다.

『황혼』을 이해하기 위해서는 먼저 당시 한설야가 변화된 현실을 누구보다 민감하게 인지하고 있었다는 사실을 고려할 필요가 있다.

한설야는 1934년 카프의 2차 검거사건에 연루되어 전주감옥에서 일 년 반의 옥살이를 한 뒤 출옥하여 곧 바로 『황혼』을 발표했고, 1936년 말에는 서울 생활을 청산하고 고향인 함흥으로 낙향하였다. 이 과정에서 그는 민족운동이 쇠퇴하고 전향자가 속출하는 등 현실 여건이 급격히 악화된 것을 목격하고 비관적인 생각에 젖어든다. 조직은 해체되고 민족운동 역시 종적을 감추다시피 한 현실을 알고 있었기에 그는 작품에서 '주의자'를 뒷전으로 밀어내고 대신 일상의 사소한 생활상에 관심을 보이지 않을 수 없게 된 것이다. 그런 까닭에 『황혼』을 실제 현실과는 거리가 먼 단순한 관념의 산물로

만 치부할 수는 없을 것이다. 참담한 현실을 인지하고 있었음에도 불구하고 주인공을 과감하게 변신시켰다는 것은 현실을 반영한 것이라기보다 작가의 지향과 의지를 상징(symbol)의 형태로 표현한 것으로 보는 게 합당한 까닭이다.

> 이 소설은 량심 잇는 인텔리 청년의 고민을 그린 것이다. 고민을 고민으로만 그리게 되면 그 색채와 의의가 엷어질가 하야 그것을 가장 선명히 할, 어떠한 대조 아래에 마조 비최어 보려고 한다.[37]

"양심 있는 인텔리 청년의 고민"을 그렸고, 그것을 선명하게 드러내기 위해서 대조적인 인물로 '여순'을 설정했다는 것. 그렇다면 작품의 초점은 경재에게 모아지는데, 경재란 다름 아닌 당대 인텔리 청년을 상징하는 존재이다. 그는 부르주아의 길과 노동자의 길 사이에서 방황하다가 결국은 '황혼'에 직면하는 비극적인 모습을 보이는데, 이런 사실은 당대 한설야가 처했던 상황을 떠올리게 하는 것이다. 이를테면 사회 변혁과 민족의 독립을 위해서 많은 지식청년들이 변혁운동에 참가했지만, 일제의 가중되는 탄압으로 인해 더 이상 활동을 지속하지 못하고 점차 변절과 전향의 길을 걸었다. 이런 암울한 현실을 지켜보면서 한설야는 '인텔리 청년'

의 행로를 새삼 고민했고, 그런 고민 끝에 시대현실에 압도된 '경재'와 같은 인물을 통해서 그런 타협적 태도가 초래하게 될 비극적 결말을 암시하고자 한 것이다. 그런데 그것을 그 자체만으로 보여줄 수는 없었고, 그래서 '여순'을 대비시켜 그의 선택이 어떠해야 했는가를 제시하고자 한 것이다. 전주감옥에서 이 작품을 구상했다는 것은 한설야의 그런 고민이 이 작품에 투사되어 있다는 것을 단적으로 말해주는 셈이다. 그래서 『황혼』에서 경재는 암흑기에 처한 지식청년의 고민과 진로를, 여순은 그런 상황에서도 결코 포기될 수 없는 '이상적 가치'를 상징하는 것으로 이해될 수 있는 것이다. 기존 연구에서 『황혼』을 작가의 '이상표상'이나 '상징행위'[38]와 결부시켜 설명했던 것은 그런 맥락으로 볼 수 있고, 따라서 이 작품에서 무엇보다 주목해야 할 대목은 작가가 드러내고자 했던 상징적 의도와 그것의 현실 연관성이 무엇인가 하는 점이 될 것이다.

『황혼』에는 크게 세 부류의 인물이 등장한다. 자본가와 노동자 그리고 그 사이에서 부유하는 소시민 계급이다. 이들은 서로 긴밀하게 연결되어 당대 노동현실과 작가의 이념적 지향을 상징화된 형태로 보여준다.

첫 번째 부류는 재래의 토착자본가를 상징하는 김재당과 매판자본가의 상징인 안중서, 그리고 중간 관리층에 해당하는 장감독 등이다. 방직회사를 경영하지만 급격한 산업화의 흐름에 부응하지 못해 점차 몰락의 길을 걷는 김재당은 이른바 토착자본가를 상징하며, 김재당의 공장을 인수한 뒤 시대 흐름에 적극 부응하는 안중서는 신흥자본가를 상징한다. 김재당은 주먹구구식의 경영 방식에서 탈피하지 못해 급변하는 산업현실에 적응하지 못하고 몰락하지만, 안중서는 그와는 달리 최신 기계를 도입하고 인원을 규모에 맞게 감축하는 등 시대 흐름에 적극적으로 대처함으로써 공장을 더욱 발전시킨다. 한편, 장감독은 일반 노동자들을 관리·감독하면서 산업합리화라는 시대의 흐름을 일선 현장에서 실천하는 인물이다.

작가는 이들을 통해서 자본가의 생활상과 가치를 보여주는데, 이들은 무엇보다 도덕적으로 타락한 삶을 살고 있다. 가령, 안사장은 '욕망의 화신'과도 같아서 수시로 첩을 갈아들이고, 그것도 싫증이 나서 사장이라는 지위를 이용해서 젊은 여공들을 농락한다. 장감독 역시 감독이라는 지위를 이용해서 여공들을 농락하는 등 도덕적으로 옳지 못한 행동을 일삼는다. 이런 인물들을 통해서 작가는 식민치하 신흥자본가의 등장과 토착자본가의 몰락, 그리고 그들의 타락한 생활상을 그려내고, 궁극적으로 역사의 중심에서 밀려나는 과정을 포착해내고 있다. 그런 점에서 이 작품은 토착자본가의 몰락과 신흥자본가의 상승 과정을 상징적으로 그려낸 작품으로 볼 수 있을 것이다.

두 번째 부류는 순수 노동자인 준식과 지식인 출신의 노동자 현철, 자본가에게 기생하는 타락한 노동자 정임 등의 인물이다. 준식은 주인공 여순과 동향 친구로 학교를 중퇴하고 김재당이 경영하는 Y방직회사에 직공으로 취직해서 일하는데, 노동현실의 부당성을 지적하고 바로잡아야 한다는 확고한 신념에서 노동자들을 지도하고 있다. 주인공 여순이 지식인의 부동성(浮動性)에서 벗어나 과감하게 노동자로 변신할 수 있었던 것은 이 준식의 도움이 중요하게 작용했기 때문이다. 한편, 동필은 준식처럼 노동자들을 지도했던 인물이지만, 몇 번의 사건을 겪으면서 운동의 열정이 식었고 또 준식 등이 노동자들의 신망을 얻어 세력을 넓히자 뒷전으로 물러난 뒤 그들을 비난하는 처지에 있다. 경재의 친구인 현철은 작품 중간에 잠깐 등장할 뿐이지만 매우 강한 성격의 인물로 제시된다. 그는 도쿄 유학생 출신의 지식인으로 한때 사상운동에 연루되어 감옥까지 갔다 온 경력의 소유자로, 귀국한 뒤 바로 노동자로 변신해 노동운동에 종사하고 있다. 작품 말미에서 경재가 소시민으로서 자신의 한계를 절감하고 '황혼'에 봉착하는 순간 그의 눈앞에 우뚝 서 있는 인물의 하나가 바로 현철이다. 이외에도 정임은 공장장과 사장 사이를 오가면서 허영과 욕망을 채우는 타락한 노동자이고, 준식을 사랑하는 분이는 성실하고 순박한 노동자로 제시된다. 이 다양한 인물들을 통해서 작가는 노동현장과 그 속에서 일하고 갈등하는 노동자들의 삶을 보여주고자 한다.

작가의 시선이 집중된 세 번째 부류는 서로 상반된 길을 걷는 소시민 경재와 여순이다. "인텔리 청년의 고민을 어떠한 대조 아래에 마조 비쵀어 보려고 했다"는 작가의 진술처럼, 작가의 의도는 이 두 인물을 통해서 구체화되며, 그런 까닭에 이들의 행방에 작품의 주제가 놓여 있다고 할 수 있다.

경재는 부르주아와 프롤레타리아 중에서 어느 한쪽에도 속하지 못하는 부동하는 인물로 등장한다. 그는 작품의 전·후반에서 각기 다른 모습을 보이는데, 전반부에서는 현옥과 여순을 사이에 둔 애정문제로 갈등하다가, 후반부에서는 부르주아의 삶이냐 노동자의 삶이냐 하는 선택의 기로에서 갈등하고 주저한다. 전반부에서 경재는, 금광업으로 졸부가 된 아버지의 경제력에 힘입어 사치를 일삼는 거만한 성격의 현옥을 멀리하고 순박한 여순을 선택함으로써 비교적 수월하게 자신의 길을 찾지만, 후반부에서는 그것이 계급의 문제와 연결되면서 한층 복잡한 양상으로 발전한다. 여기서 경재는 두 갈래 길에 직면하는데, 하나는 현옥과 안중서로 대변되는 현실적 안락과 행복을 추구하는 부르주아의 삶이고, 다른 하나는 여순으로 표상된 양심과 이념을 선택하는 노동자의 삶이다. 이를테면 안중서의 '끊임없는 유혹'과 거기에 맞서는 경재의 양심, 게다가 경재를 압박하는 여순의 '당당한 선택' 사이에 "량심 잇는 인텔리 청년의 고민"이 놓여 있다.

경재는 사실 려순이가 떠나버린 후부터 더욱 현옥이에게는 냉정하여 졌다. 뿐만 아니라 도대체 여자란 것도 사랑이란 것도 귀찮았다.
그러나 그러면서도 별 생각 없이 현옥의 말대로 그를 따라가는 자기와 또 자기 마음에 모순을 발견하는 순간, 그는 문득 자기 자신에 증오를 느꼈다.
확실한 방향도 없이 불리는 대로 이리로 저리로 움직여지는 소시민(小市民)의 가엽은 그림자를 그 자신 중에서 발견하였다. 실로 얄미운 그림자였다.
그러나 훌쩍 뛰어내려 버릴 수는 없었다. 그것은 현옥에게 미련이 있었기 때문은 물론 아니었다. 또 기어이 가고 싶은 생각이 있어서 그런 것도 아니었다. 차라리 생각 같아서는 정작 딴 데로 가고 싶었다. 그러나 그러면서도 그대로 못 하는 것은 무슨 까닭일까? 그는 스스로도 그것을 알 수 없었다.[39]

그런데 끊임없는 방황과 모색에도 불구하고 경재는 소시민으로서의 자신의 계급적 한계를 극복하지 못한 채 지극히 소극적인 태도로 일관한다. 그는 현옥과 파혼을 선언하고 여순과 결합하려고 결심하지만 아버지와 안사장의 압력에 의해 현옥과 헤어지지 못하고 갈팡질팡하며, 또 여순이 종적을 감춘 뒤에는 막연한 좌절과 절망의 심리에 사로잡혀 방황을 계속한다.

이런 우유부단함은 경재 개인의 성격 탓으로 돌릴 수도 있지만, 한편으론 바로 그런 부동성이 미래에 대한 확고한 전망을 갖지 못하고 방황하는 부르주아 계급의 특성이라는 것을 작가는 말하고 있다. 경재가 속한 중간층은, 마르크스주의의 입장에서 보자면, 노동자와 자본가라는 양대 계급의 헤게모니에 이끌려 어느 한쪽에 귀속될 수밖에 없는 존재이다. 혁명의 과정에서 프롤레타리아 계급에 의해 부정되거나 아니면 자신의 계급적 한계를 스스로 자각하고 프롤레타리아 계급의식을 획득함으로써 새롭게 변신할 수밖에 없는 존재가 바로 부르주아이다. 그런 속성을 보여주듯이 경재는 전반부에서는 여순과 함께 가난한 사람들을 동정하는 모습을 보이지만, 여순과 결별하고 현옥을 가까이 한 뒤로는 안사장에게 좀더 친숙한 모습을 보여준다. 그렇지만 끝내 어느 계급에도 속하지 못하고 방황하다가 "굳게 막힌 관문"에 봉착하는 비극적 운명을 연출하는 것이다.

굳게 막힌 관문(關門)에 다다른 것 같은 무거운 기분에 그는 눌리었다. 사장실 출입문이 밖으로 무슨 커다란 파도에 다다 밀린 것 같이 보였다. (……) 경재는 그만 눈이 휘둥그레졌다. 신경이 놀라서 머리 끝으로 치솟는 것같이 선뜻함을 느꼈다. 그 사람들 중에서 경재는 맨처음으로 려순을 보았다. 그리고 준식을… 또 형철을… 그 이상 더 생각할 아무런 연유도 그에게는 없었다. 별안간 앞이 무너지는 듯 그는 눈이 캄캄하였다. 그는 단숨에 문 밖으로 나와버렸다. 허나 그들의 그림자는 더욱 분명히 눈 밑에서 떠올랐다. 자기에게 비하여 그들은 너무도 분명한 대조였다. 이때같이 그는 어두워가는 황혼에 선 자기 자신을 똑똑히 발견한 일은 없었다.[40]

산업합리화 정책에 맞서 투쟁하는 노동자들과 맞닥뜨린 경재가, 안중서도 그렇다고 여순의 편도 아닌 자신을 발견하고 느낀 심경을 피력한 대목이다. 역사의 관문이 닫히고 문 밖으로 밀려난, 환언하자면 몰락기에 처한 계급이 더 이상 현실적 힘을 발휘하지 못하고 역사의 뒤안길로 밀려나는 순간이다.

여기서 경재는 작가의 부르주아에 대한 비극적 인식이 투사된 상징적 존재라는 사실이 드러난다. 제임슨(F. Jameson)이 말했듯이, 문학적 혹은 미적 행위란 일종의 상징행위이며 그 속에는 필연적으로 현실적인 것이 수용되어 나타나게 마련이다.[41] 말하자면 작중 인물의 형상에는 작가가 의식했든 그렇지 못했든 간에 작가의 무의식이 개입되고 그것은 필연적으로 현실연관성을 갖게 된다. 그런 점에서 경재가 봉착한 '황혼'과 작가가 직면하고 있는 1930년대 후반의 현실, 더 이상 낙관적 전망을 가지지 못하고 참담하게 절망할 수밖에 없는 현실 사이에 유사성이 성립되고, 그런 연관성을 바탕으로 작가는 경재를 비극적인 인물로 형상화한 것이다.

당시 한설야는 여러 글에서 소시민계급의 몰락과 암울한 미래에 대해서 피력한 바 있는데, 『황혼』의 경재는 그런 시대의식의 산물인 셈이다. 만일 이 작품이 설야가 낙관적인 세계관에 젖어 있었던 카프 존속기에 씌어졌다면, 경재는 『고향』의 '김희준'에 버금가는 실천적 지식인으로 거듭났을지도 모른다. 도쿄 유학생 출신의 김희준이 지식인의 한계를 벗고 농민운동가로 변신할 수 있었던 것은 사회운동이 상대적으로 고양되었던 1930년대 초반의 현실을 배경으로 했기 때문이지만, 한설야는 외부 상황의 악화로 더 이상 낙관적 전망을 가질 수 없는 상황에서 인물의 운명을 그와는 정반대로 만들어낼 수밖에 없었던 것이다.

　한편, 경재와 '대조'되는 인물인 여순은 인텔리적 속성을 떨치고 노동자로 변신하는 과감한 모습을 보여준다(이런 과정이 너무나 안이하게 처리되었음은 임화가 이미 지적한 바 있다). 그녀는 자신의 기득권, 즉 여비서로서의 부르주아적 삶(이는 결과적으로 안중서의 유혹에 넘어가는 것이고 동시에 욕망과 타락의 길이다)을 단호히 거부하고, 산업합리화 정책의 허구를 꿰뚫고 자본가에 대항하는 준식 등의 선진노동자들과 결합해서 노동운동에 본격적으로 뛰어든다. 이 과정에서 여순은 시종일관 자신의 판단을 신뢰하고 행동하는 의지적 인물로 그려지는데, 이는 이전 소설에서 목격되었던 '주의자'들의 모습과 흡사하다. 즉 경재와 사랑에 빠졌다가 김재당과 안중서, 현옥의 방해를 받고 생각을 정리하는 과정에서 여순은 자기 자신 외에는 달리 의지할 대상이 없다는 것을 깨닫는다. 주변의 도움과 동정을 받기보다는 괴롭더라도 스스로 주어진 일을 감내하겠다는 식이고, 그런 생각에서 여순은 경재와 단호하게 결별하고 노동자로 변신하는 것이다. 여기서 소설의 분위기는 반전되어 경재에게 압도되었던 여순의 형상은 반대로 경재를 압도하고, 역사와 운명의 주체로 우뚝 서는 것이다.

　그동안 『황혼』에 대한 평가는 이런 변신을 어떻게 이해할 것인가에 놓여 있었다. 즉 여순의 과감한 변신을 어떻게 보느냐에 따라 작품에 대한 평가가 정반대로 나누어졌는데, 이를 부정적으로 보는 경우 여순의 그러한 선택은 당대 현실에서 결코 이루어질 수 없는 것이었다는 데 근거를 두고 있다. 일제의 전쟁정책과 혹독한 탄압으로 민족운동이 거의 궤멸되다시피 한 현실에서, 여순의 선택은 "살아갈 수 없을 만치 거칠고 사나운 환경"에 맞서는 일종의 시대착오적 행동이자 "보통인간이 취하지 않는 길"이며, "명일(明日)에 있어서 걸어야 할 길"이라는 것이다. 1930년대의 암울한 현실을 고려하자면, 이러한 견해는 충분한 타당성을 갖고 있다. 하지만 여순의 선택을, 현실을 반영한 것이라기보다는 작가의 신념과 의지를 투사한 상징적 언술로 이해한다면 결코 '시대착오적'이라고 단언할 수는 없을 것이다. 한설야가 그렇듯 시대감각이 없는 인물은 아니었기 때문이다.

여순의 행동은 암흑기를 돌파하려는 작가의 이념적 의도를 상징적으로 천명한 것이자 주체 재건을 꾀하는 한설야의 내면적 지향을 표명한 것으로 보는 게 타당할 것이다. 한설야는 암흑기가 언젠가는 지나갈 것이고, 그 후에는 찬연한 미래가 도래하리라는 강한 믿음을 갖고 있었고, 따라서 여순이 선택한 노동자의 길이란 다름 아닌 작가의 전망(perspective)이자 지향이고, 한편으론 새롭게 '주체' 재건하려는 의지인 것이다. 전망 부재의 암울한 현실에서 자칫 소시민적 안일주의에 빠질 수도 있는 자신을 질책하면서 새롭게 계급의식으로 무장하고자 하는 암혹기의 심경을 그런 인물을 통해서 드러냈고, 그래서 그녀는 "마음의 무장을 해제하지 않고 싸우"는 누구보다 강인한 생명력의 소유자로 형상화된 것이다.

　려순은 무슨 유혹을 이긴 것 같은 뒤개겨운 쾌감을 느꼈다.

　아직도 한편 옷사무실에 대한 까닭모를 미련이 있고, 보다 좋은 자리를 바라는 허영이 없는 배 아니나, 사장의 검은 뱃속을 디려다보고, 또 자기의 현재 생활을 보다 의의있게 생각하려는 신념도 차차 더욱 잡혀져서 사장의 앞에서도 그는 어젓이 자기의 뜻을 말할 수 있었다.

　얼마 전에 사장에게 직업을 부탁하던 때에는 주위의 이목이 있어서 싫은 대로 나마 강히 공장이 좋다고 말하였으나, 이번은 그런 군색한 티가 훨씬 벗어져버렸다.

　즉, 자기의 현재 처지를 불만히 생각하고 창피하게 생각하던 맘이 어느 정도까지 자취를 감추어버렸던 것이다.

　사장이 우쭐해서 제 지위를 스스로 자존망대하는 것이 속으로 우습기도 하였다.

　(그까짓 자리, 무엇이 그다지 놀라울 거 있느냐?)

하는 생각도 났고

(내 자리가 외려 그보다 낫다!)

라는 뱃심도 생겼다.[42]

『황혼』은 이렇듯 작가의 이상을 경재와 여순의 형상을 통해서 표현한 작품이다. 여기서 "인간이란 결국 되는 대로 살 수밖에 없다"는 자조적 태도로 소시민적 삶을 살아가는 경재가 암흑기에 처한 지식청년들의 심리를 대변한다면, 여순은 그럼에도 불구하고 견지하고자 했던 이념적 지표를 상징한다고 볼 수 있다.

그런데 여순의 선택은 민족운동이 궤멸되다시피 한 현실에서 이루어진 것이라는 점에서 현재보다는 "명일에의 희망"을 간직한 채 "고난에 찬 지하도"를 걸을 수밖에 없을 것이다. 이후 발표된 『청춘기』의 '태수'나 다른 단편에서 목격되는 주인공들처럼, 의식분자들의 삶은 작가의 지속적인 관심에도 불구하고 어두운 '지하도'를 헤매거나 방황할 수밖에 없는 처지에 있다. 이 시기 이후의 소설에서 여순과 같은 인물이 작품의 뒷전으로 밀려나고 대신 은희(『청춘기』)나 초향(『마음의 향촌』)과 같은 소시민들이 작품의 중심을 차지하는 것은 그런 시대 여건을 반영한 때문이다. 하지만 그럼에도 여순으로 표상된 이념과 가치가 인물들의 삶을 근본에서 규율한다는 점에서 작가의 이념적 믿음은 여전히 굳게 유지되고 있음을 알 수 있다.

가족의 일상과 민중의 생명력

1930년대 후반에서 1940년대 초반까지 한설야가 발표한 작품은 대부분 신변의 일상사를 소재로 한 것이거나 아니면 신문에 연재한 통속소설들이다. 이들 작품에서는 이전의 적극적이고 긍정적인 인물들은 사라지거나 뒷전으로 밀리고 대신 뭔가로 괴로워하거나 현실에 안주하려는 소시민들이 작품의 중심을 차지한다. 이들은 대부분 과거 한때 사회운동에 관여했거나 그로 인해 옥살이를 하다가 풀려난 사람들이지만, 시대가 바뀐 지금은 무력한 존재로 전락해서 가족을 포함한 주변의 누구로부터도 환영받지 못하는 처지가 되었다.

"모든 것이 자기를 버린 것 같고 멸시하는 것 같다."

과거에 신망과 존경을 한 몸에 받았던 지사적 교육자 안민이 가난에 시달리다가 불행하게 죽어가는 것이나(「두견」), 으슥하고 남들이 찾기 힘든 곳에 집을 장만해서 외부와 일체 교섭을 끊고 의처증과 가학(加虐) 취미로 시간을 소비하는 춘식(「파도」) 등과 같은 식이다. 그래서 이들은 "생각할수록 그리운 것은 돌아오지 않는 그 옛날이다" 식의 넋두리를 늘어놓거나, 아니면 아내의 "어디든 찢어서 피를 보고 싶"다는 병적인 가학심리를 드러내기도 한다.

그렇지만 이 시기 작품들을 퇴영적이고 병적이라고만 평가할 수는 없는데, 그것은 이런 부정적인 측면의 한편에는 가족들의 생활을 새롭게 인식하고 어쩌면 그들의 강인한 생명력이 역사를 움직이는 동력이 아닐까 하는 새로운 자각을 내재하고 있기 때문이다. 암흑기 한설야 소설을 부정적으로만 평가할 수 없는 것은 이런 사실과 관계되는데, 가령 한설야가 자신의 신념을 간직한 채 암흑기를 견딜 수 있었던 것은 참담한 현실에 절망하면서도 한편으로는 그런 현실을 새롭게 인식하는 전향적 태도를 견지하고 있었기 때문이다.

그런 의식을 담고 있는 관계로 이 시기 소설은 사회변혁이나 이념과 같은 거대담론 대신에 일상의 사소한 미시사(微示事)가 작품의 중심을 차지하는 특징을 보여준다. 가족의 가난과 부부간의 애정, 조혼, 신구세대의 갈등, 교육, 미신 숭배, 생활고 등 주변의 일상 현실이 구체적으로 포착되고 그것이 현실변혁과 인간다운 삶에 어떻게 작용하는가의 문제가 소설의 중심을 이루는데, 이는 카프 시절에 비하자면 현저하게 변화된 모습이다. 그런 모습은 소설 내적 공간의 협소화, 인물의 왜소화, 계급성과 이념의 몰각 등으로 비판되기도 하지만 사실은 그동안 간과했던 미시사에 대한 환기라는 점에서 새롭게 주목될 수 있다.

그동안 프로 작가들은 사회의 구조적 모순이나 계급갈등, 변혁 등과 같은 거대담론에만 관심을 쏟았지 그것을 구성하는 구체적 세목(detail)에 대해서는 별반 관심을 두지 않았다. 리얼리즘의 견지에서 보자면 전형이나 전망과 같은 이념적 의도만을 앞세우고 구체적 세목을 소홀히 해서 마치 골조만이 앙상하게 직립(直立)한 형국이었는데, 전형기 이후에는 가족의 사소한 일상이나 개인사를 통해서 민중의 강인한 생명력을 읽어내고, 그것을 작품화하는 새로운 전환을 보여주는 것이다.

더욱 진보적이라고 자처해온 우리들의 예술작품이라는 것은 실로 설계도와 같은 것이었다. 가옥 설계도는 그것이 아무리 훌륭한 것이라 하더라도 생활의 반려인 주택을 재현할 수는 없는 것이다. 거기에는 건축을 위한 척촌은 있을지언정 생활을 의미하는 주택의 정조는 있을 수 없다. 그러나 한때 우리들은 규구준승(規矩準繩)을 가지고 설계도를 그리듯이 생경한 이론을 이식하기에 급급하였고 명암 각양의 색채를 가지고 한 개의 생활을 의미하는 주택을 그리는 것 같은 그러한 창조의 정신을 임의로 혹은 부지중에 포기하고 있었다. 그 작품에는 색채도 없거든 하물며 대기나 일광이나 혈행이나 맥박이야 언제나 되랴. 그 작품에 나오는 인간은 한 개의 스토리를 만들기 위한 인조인간이었고 스토리를 위하여 조정되는 괴뢰에 불과하였다.[43]

프로 문학은 '생활'이 없는 "설계도와 같은 것이었다"고 반성하는데, 언급했듯이 한설야 또한 그런 데서 예외가 아니었다. 이념의 눈으로 현실을 규정하고 인물을 만들어내다 보니 작품은 현실과 괴리된 추상적 관념을 남발하는 경우가 많았고, 그래서 누구보다도 화려하게 '설계도를 그렸던 작가'가 한설야였다. 하지만 여기서는 그런 과거를 돌아보면서 거기에는 '생활'이 빠졌고 인물 역시 '인조인간'이자 '괴뢰'에 불과했다는 것을 반성하는 놀라운 변화를 보여주는 것이다. 그런 깨달음에서 한설야는 암흑기란 거대한 역사의 흐름 속에서 잠시 머무는 일시적인 과정일 뿐 언젠가는 혁명의 시기가 도래할 것이라는 강한 믿음을 내보인다. 그래서 이 시기 소설은 기존의 신념을 가슴속에 간직하면서 암흑기를 견디고 새로운 전기를 포착하고자 하는 주체의 모습을 담게 된다.

1936년에 발표된 「임금」(林檎)과 그 속편인 「철도교차로」, 「탁류」(「홍수」, 「부역」, 「산촌」으로 구성된 삼부작)에는 그런 변화의 모습들이 단적으로 나타난다. 「임금」과 「철도교차로」는 "무슨 회니 무슨 모임이니 강연이니 대회니"를 쫓아 다니던 경수가 상황의 악화로 룸펜 생활을 하다가 교차로 설치문제를 계기로 지식인적 '자만'에서 벗어나 마침내 집단의 힘을 빌려 문제를 해결한다는 내용이다. 3부작에 해당하는 「탁류」는 일인과 친일세력에게 소작권을 떼이지 않으려는 작인들의 투쟁을 다루는데, 생업보국(生業報國)의 기치를 내건 신임 지주 사사끼 교장이 내국인(일본인)과 농업학교 모범생만을 선발하여 소작권을 줌으로써 기존 소작인들은 생계의 위협을 느끼고, 그것이 계기가 되어 집단적으로 반발한다는 내용이다. 외견상으로는 사회의 현안을 고발하고, 또 그런 문제를 집단의 힘으로 해결하려 한다는 점에서 카프 시기의 「씨름」이나 「추수 후」의 문제의식에 연결되어 있다. 또 '경수'나 '기술'의 성격도 '명호'나 '번쾌'의 문제적이고 전위적인 모습과 흡사하며, 전위적 인물에게 시선이 고정되어 문제 해결의 과정이 추상화되고 작가의 변혁적 의지가 강하게 표출된 점 또한 동일하다. 말하자면 작품의 기본 얼개와 외형이 전시기의 특성을 그대로 답습하고 있고, 그래서 작중의 이념(이념 지향성)과 현실은 조화를 이루지 못한 채 관성처럼 겉도는 형국이다.

하지만 작품의 이면에는 이와는 다른 중요한 변화가 내재되어 있음을 볼 수 있다. 무엇보다, 인물의 성격이 이전 소설에 비해 한층 비극적으로 제시되어 드러난다. 이를테면 「씨름」이나 「추수 후」에서 인물들은 낙관적 신념에 고무된 미래 지향적 성격을 갖고 있었고, 그래서 집단행동을 통해 문제를 해결하려는 적극적인 의지를 보여주었으나, 「임금」과 「철도 교차로」에서는 그와는 정반대로 주인공이 현실에 굴복하거나 이념을 포기하는 등 좌절과 실의에 찬 모습으로 나타난다. 물론 이 점은 철도당국이나 사사끼에 대한 대항이 바로 일제에 대한 저항을 의미한다는 점에서 더 이상의 서술을 피한 것으로 볼 수도 있지만, 이면에는 완강한 현실과 그에 대한 주체의 냉정한 인식이 내재되어 있음을 알 수 있다.

홍수는 산떼미 같은 설움과 걱정을 가뜩이나 지친 그들의 등어리에 처엎어 놓은 것이다.[44]

"산떼미 같은 설움과 걱정"을 초래한 강고한 현실은 그들에게 어떠한 희망이나 꿈을 허용하지 않으며, 그것을 타개하려는 문제적 인물들의 힘겨운 대응마저 무력한 것으로 드러난다. 지주측에 대항하다 감옥 신세를 지고 풀려난 '기술'은 다시 농촌으로 돌아가지만 생활의 터전인 소작지마저도 이미 박탈당한 상태여서 사방 공사장의 시한부 노동자로 전락하지 않을 수 없다. 다시 고립된 개인이 된, 비운의 시지프스와도 같은 '기술'에게는 명호나 번쾌에게 보였던 낙관적 신념이란 더 이상 존재하지 않는다.

그래서 이들은 주변의 사소한 일상으로 눈을 돌리고, 생활 속에서 투쟁의 대상을 찾는 일대 전환을 보여준다. 이를테면 주변 일상의 사소한 문제를 바로잡는 것이 곧 사회 전반을 개혁하는 첫걸음임을 자각하는 것이다.

> 그는 「후미끼리방」이 된 것은 그로부터 달포 후ㅅ일이다.
> 그는 공사장에서 늦게 돌아오는 때 날씨가 흐리고 음침한 밤이면 피와 땀으로 이 동네 앞 「후미끼리방 미하리쇼」 비둘기통 같은 조그만 높은 집은 마치 꿈속에 본 유령과 같은 박서방으로 뵈이는 때가 종종하다.
> 그러며 그 집이 없어지며 창자가 내밀린 어린애를 텁석 안아드는 피투성이의 광경을 연상한다.
> 이 조그만 한 가지 성공에도 얼마나 한 땀과 힘이 요구되었든가?[45]

교차로 하나 설치하는 데 이렇듯 많은 힘이 요구되었듯, 앞으로 큰일을 하는 데는 그보다 더한 시련과 고통이 필요하리라는 깨달음, 이런 인식으로 인해 작중 인물은 현실성을 갖게 되고 사건의 전개 역시 한층 개연성을 획득하는 것이다.

「귀향」은 서로 사이가 좋지 않았던 부자(父子)가 아들의 출옥과 귀향을 계기로 화해한다는 내용이다. 사상 문제로 아들과 반목했던 아버지는 가세가 흔들리고 건강이 악화되면서 7년 만에 출감한 아들에게 큰 기대를 내보인다. 아버지는 그동안 집안일을 돌보지 않고 밖으로만 나돌던 아들 기덕을 자식으로 여기지 않았지만, 이제는 집안일도 돌보고 또 사회적으로 입신하기를 소망한다. 여기서 아버지의 상반된 심리가 드러나는데, 하나는 아들의 사회운동을 이해하려는 심리이고, 다른 하나는 세속적인 출세를 소망하는 심리이다. 이런 이중심리를 갖고 있던 아버지는 점차 아들을 이해하는 쪽으로 마음을 돌리는데, 이를테면 "너희들의 생각하는 바를 오로지 밟어 나가기만 바랄 뿐"이라는 결심을 하기에 이르는 것이다.

「(……) 너희들을 사람으로 깊이 믿느니만치 너희들이 너희들의 생각하는 바를 오로지 밟어나가기만 바랄 뿐이다. 그러면 그것이 가장 애비의 뒤를 옳게 이어주는 것이 되리라고 생각한다. 세속에 머리를 숙이고 물질에 련련(戀戀)해봐야 아무 것도 남을 것 없다. 있다면 그것은 결국 치

욕과 더럼뿐일 것이요 치욕과 더럼을 모르고 지나는 가장
값없는 행복과 송장같은 평화일 것이다.」

(······)

　아버지와 아들은 물론 사상 상으로는 일치하지 못하였
으나 그러나 인간으로서 어디선지 깊이 부디침이 있는 것
을 기덕이는 생래 처음으로 느끼었다. 그리며 동시에 단
한 마디 아버지에게 말할 필요를 느끼었다.
「아버지의 뜻은 잘 알었읍니다. 저도 동감입니다.」[46]

　세속적 가치를 대변하는 아버지와 의식분자인 아들이 극
적으로 화해하는 장면으로, 사상적으로는 서로를 이해하지
못하지만 '인간적인 깊은 교감'이 오가는 것을 기덕은 '생래
처음'으로 확인하는 것이다.
　그런데 일상에 복귀하는 기덕의 행위가 결코 '사상의 포
기'를 의미하는 것은 아니라는 점에서 작품을 일상사의 단순
한 서술로 볼 수는 없다. 그는 여전히 앞날에 대한 모색을 멈
추지 않는데, 그것은 한설야가 『황혼』에 대해서 이야기하면
서 "살아갈 수 없을 만치 거칠고 사나운 환경에 있어서는 싸
우는 것만이 오직 생(生)"이며 그 대표적인 인물이 '여순'이
라고 말한 사실을 염두에 둘 때, 그런 생각을 구체적 현실에
서 실천하는 형국이다. 그렇지만 그 실천은 이전과 같은 급

진적인 투쟁이 아니라 생활의 발견과 깨달음을 통한 것이라는 점에서 그것과는 구별된다.

「종두」(種痘)에서는 이런 자각이 민중의 내재적 힘, 곧 민중의 강인한 생명력의 발견으로 나타난다. 「종두」는 집안에서 무기력하게 소일하는 화자가 아내와 자식들의 일상생활을 지켜보면서 삶에 대한 강한 생명력을 발견한다는 내용으로, 여기서 작가의 시선은 애꾸눈 '이섭'에게 모아져 있다. 그는 여섯 살 된 쌍둥이로 형인 형섭과는 대조적인 성격을 갖고 있다. 형섭이 응석받이라면 이섭은 묘하게도 자신이 애꾸라는 사실에 대해서 강한 증오심을 보이며, 한편으론 주변의 해코지에도 좀처럼 눈물을 보이지 않는 냉혹한 성격을 갖고 있다. 아내는 이 이섭이 병신 소리나 듣지 않게 하기 위해서 갖은 애를 쓰는데, 그 과정에서 진지한 태도로 어머니의 지시를 따르는 이섭의 모습을 지켜보면서 화자는 자신의 불행을 극복하려는 강한 생명력을 발견하는 것이다.

사람이란 마땅히 그렇게 힘으로 살아가 보고 싶다고 그는 생각하였다. 훌륭한 사람이란 별게 아니리라, 살아갈 수 없는 환경 속에서 살아가는 그 사람이리라. 누구든지 살아갈 수 있는 처지에서 살아가는 것이야 무어 그리 신통하랴 싶었다.

이섭이 놈이 일상 부모나 동기나 동무들에게서까지 구
박을 받고, 들몰리고, 흉을 들어도 싫어하는 일 없이 찌그
렁하고 남과 가치 놀고 뛰고 하는 것이 실은 그의 살아가
는 힘이라고도 경구는 생각하였다. 그러니까 그것까지 없
다면 이섭이 놈은 결국 병신에다가 약자에다가 열패자에
다가 이렇게 모든 악명을 지고 말 것이다.[47]

　"살아갈 수 없는 환경 속에서 살아가는 힘", 화자가 이섭
이로부터 발견한 것은 바로 이 생명력이고, 아내에게 목격한
것도 바로 그것이었다.

　'이섭'이 부자집 아이와 싸운 뒤 그 부모에게 매를 맞고 돌
아오자 아내는 염치와 체면을 가리지 않고 달려가는 모습을
보이는데, 이를 지켜보면서 화자는 "극악스런 인간들 앞에
서, 마치 용차(龍車)를 향한 당낭이" 같은 생명력을 발견한
다. 사회적 지위와 힘에서 월등히 불리함에도 과감히 맞서는
본능적 힘을 목격하고 그것이 바로 이들의 삶을 버티는 원동
력이라는 사실을 깨닫는 것이다. 이러한 생명력에 대한 발견
은 여러 작품에서 두루 목격되는데, 닭장을 치우고 난 뒤에
생긴 조그만 공간에 텃밭을 일구는 아내의 모습을 보고 "안
해가 타고난——전해로부터 가지고 온 그 무서운 힘"이 어찌
할 수 없는 '숙명'임을 인식한다는 「숙명」이나, 애써 키우던

닭을 족제비가 물어가자 필사적으로 달려들어 족제비를 쫓
아내는 아내의 모습에 감동하는 「이녕」 등이 그런 경우이다.

이런 사실을 통해 볼 때, 이 시기 한설야는 민중을 단순한
변혁의 도구로 생각했던 이전과는 달리 그들의 특성과 염원
을 구체적 현실에서 이해하는 한층 성숙한 모습을 보여주는
것이다. 그런 점에서 이 시기 소설은 리얼리즘의 견지에서 보
더라도 중요한 의미를 갖는다. 리얼리즘이 일상 현실에 내재
된 가치와 지향을 구체적 형상으로 포착해내는 것이라면 가
족의 일상사를 지켜보면서 그들의 생각과 가치를 포착해냈다
는 것은 민중에 대한 작가의 이해가 그만큼 현실화되었다는
것을 뜻하기 때문이다. 리얼리즘이란 이런 일상의 세목에다
가 작가의 전망이 결합된 창작원리에 다름 아닌 까닭이다.

암흑기의 신념과 그 근거

단편소설에서 보이는 이런 특성은 1930년대 후반에 창작
된 장편소설에서도 그대로 이어진다. 외견상 '주의자'들이
침묵하거나 작품의 중심에서 사라지지만, 그럼에도 이념적
지향과 의지는 작품의 중요한 축을 형성하고 있다. 『청춘기』
나 『마음의 향촌』이 통속소설의 외관을 갖고 있는데도 프롤
레타리아 작가로서의 한설야다운 특성을 보이는 것은 그런
이유이다.

가령 『청춘기』의 중심인물은 태호·은희·명순 등의 평범한 소시민이고 이들이 벌이는 일련의 애정행각이 서사의 중심을 차지하는데, 이는 외견상 당시 널리 읽힌 통속소설인 『화관』이나 『청춘무성』(이태준) 등과 별 차이를 보여주지 않는다. 『청춘기』의 내용은 사실 간단하다. 주인공 태호는 도쿄 유학에서 돌아와 일자리를 구하던 중 우연히 전람회장에 들렀다가 은희를 만나 사랑에 빠진다. 당시 은희는 재벌인 홍명학의 도움으로 도쿄의전을 졸업한 뒤 귀국해서 대학병원에 근무하는 상태였다. 홍명학은 자신의 부인이 죽자 은희를 재취로 삼으려는 계략을 꾸미고, Y신문사에 근무하던 태호를 쫓아낸다. 이후 태호는 자취를 감추고 작품에서 사라졌다가 작품 말미에서 공산주의 활동을 위해 국내로 잠입한 철수와 함께 검거되고, 그 소식을 접한 은희는 모든 것을 버리고 태호의 고향인 원산으로 내려가 그의 출감을 기다린다는 내용이다.

　끝부분에 공산주의 운동이 잠시 암시되지만, 작품의 대부분은 삼각연애 관계에 할애되어 1930년대 후반을 휩쓴 통속소설의 구도를 전형적으로 따르고 있다. 한설야는 '주의자'들이 활동하기 힘든 공간으로 당대를 인식하고 그 빈틈을 이렇듯 소시민적 인물들로 대체한 것이다. 그래서 이 작품을 두고 내린 임화의 다음과 같은 평가는 그런 변화를 날카롭게 지적한 것으로 이해할 수 있다.

그러나 『청춘기』가 찾아낸 세계는 불행히도 일찍이 설야가 사랑하는 인물이 살아갈 그런 행복된 세계는 아니었다. 설야는 내내 자기가 사랑하는 인물들이 살아갈 세계를 찾지 못한 채 그 인물들과 결별하고 말았다.

새로 발견된 세계에는 벌써 설야가 사랑하는 인물은 하나도 없었던 때문이다. 그는 새 인물에 적응한 새 세계를 찾은 것이 아니라, 뜻하지 않은 새 세계를 발견하면서 새 인물들과 해후한 것이다.

그것은 우수와 암담과 희망 적은 세계였고, 그곳의 시민들은 무위와 피곤과 변설의 인간들이었다.

이리하야 『청춘기』는 『황혼』보다도 성공하였고, 우리들이 사는 현대를 가장 넓은 폭에서 그린 아담한 작품이 되었다.[48]

앞에서 언급했듯이 『황혼』은 인물이 죽어야 할 환경에서 인물을 살렸기 때문에 실패했다면, 이 작품에서는 그와는 반대로 환경에 맞게 인물을 조정했기 때문에 성공했다는 것. 실제로 『청춘기』에서는 변화된 현실을 인정하고 그에 적응하며 살아가는 인물이 서사의 중심을 차지하는데, 이는 이전

소설에서 볼 수 없었던 새로운 모습이다. 물론 임화의 평가에는 성격과 환경의 조화를 본격소설의 기준으로 삼는 문학관이 놓여 있지만, "설야는 내내 자기가 사랑하는 인물들이 살아갈 세계를 찾지 못한 채 그 인물들과 결별하고 말았다"는 지적처럼 한설야의 변화에 대한 정확한 통찰이 깃들어 있다.

하지만 그런 변화에도 불구하고 이들 작품에서도 작가의 이념 지향성이 굳게 유지되어 있음을 볼 수 있다. 『청춘기』에서 소시민적 인물인 태호가 공산주의자인 철수를 동경하고 그와 행동을 같이하는 것은 그런 사실을 단적으로 보여준다. 작가는 자신의 이념적 의도를 간접화된 형태로 암시하지만, 공산주의 운동에 대한 견실한 믿음만은 결코 포기하지 않았던 것이다. 이것을 긍정적으로 보자면 일관성 있고 지조 있는 행동으로 평가할 수 있지만, 다르게 보자면 이념에 대한 작가의 믿음이 고집스러울 정도로 완고하고 시대착오적이라는 것을 알 수 있다.

그런데 문제는 이념에 대한 이런 집착으로 인해 작중의 서사가 개연성을 상실하는 등의 문제를 드러낸다는 데 있다. 작가의 이념을 상징하는 인물이 작품에서 구체적인 형상으로 제시되지도 않으면서 궁극적으로 작품 전반을 조정하는 무의식적 기제와 같은 역할을 하고, 그로 인해서 작중의 인물과 사건은 곳곳에서 비약을 드러내는 식이다. 『청춘기』에서 주인공 태호의 의식과 행동을 시종일관 사로잡고 있는 인물은 '철수'이다. 작품은 철수에 대한 태호의 추억을 떠올리는 장면에서 시작되고, 태호가 은희를 사랑하는 것도 철수에 대한 동경심 때문이며, 신문사를 사직한 뒤 행방불명된 태호가 다시 세상에 얼굴을 드러낸 것도 철수와 연루된 사건 때문이었다. 철수는 작품에서 형체가 없는데도 주요 인물들의 삶과 운명을 조정하고 지배하는 신과 같은 절대적인 역할을 수행한다. 그로 인해 작품 말미에서 국내로 잠입한 철수와 함께 태호가 구속되는 장면처럼, 느닷없는 대목이 튀어나와 독자들을 당황케 하는 것이다. 물론 태호가 마르크스주의를 공부한 실천적 청년으로 암시되고 있지만, 신문사에서 쫓겨난 뒤 돌연 철수와 함께 구속되는 장면은 급작스러운 비약으로 볼 수밖에 없다. 그것은 작가의 관념 속에서나 가능한 일이지 서사적으로 개연성을 갖기는 힘들다. 작중 은희의 입을 빌려서 표현된 다음과 같은 진술은 그런 작위성을 작가 스스로 고백한 형국이다.

은히가 생각하기에는 태호라는 사람은 무슨 일을 그러케 미개한 종교 교도와 같이 무조건하고 욱일 사람은 아니었다. 그러나 철수라는 사람의 일에 대해서만은 사리를 두 덮어노코 살아 있다고 하고 무슨 놀라운 일을 하고 있다고

하는 것이 도리어 은히의 흥미를 끄는 것이었다. 그래서

「그러면 언제든지 조선으로 돌아오겠지요? 돌아오거든 꼭 만나게 해주셔요」 하고 빙그레 웃었다.

「그럼요. 돌아오고 말고요. 꼭 돌아옵니다. 그러나 그가 돌아온다고 해서 아무 일 하는 일 없는 나같은 동무를 찾아줄런지도 보증할 수 없습니다. 가령 나 있는 곳을 안다 하더라도…… 그러나 그가 돌아오게만 되면 우리들은 결국 알게 되는 날이 있겠지요」

이것도 꿈속같이 막연하고 걷잡을 수 없는 말이었으나 은히에게는 역시 재미나는 말이었다.

(시인은 대낮에 꿈을 꾸는 자다)라는 말을 은히는 문득 생각하였다. 태호는 그야말로 한낮에 꿈을 꾸고 있는 사람이 아닌가…….[49]

철수에 대한 태호의 행동은 이렇듯 종교 신자와도 같은 맹신성에 바탕을 두고 있다. 그런 까닭에 태호는 "한낮에 꿈을 꾸고 있는 사람", 즉 몽상가와 같은 모습으로 은희에게 비치는 것이다.

한 연구자는 작중의 '철수'를 한설야가 동경해 마지않던 '조명희'를 모델로 한 것이라고 말한다. '철수'는 실재하되 실재하지 않는 인물이고, 사상적 동지이자 그리움의 대상인

바, 거기에 적합한 인물이 곧 소련으로 망명한 조명희라는 것이다.[50] 설득력 있는 견해지만, 작중의 그것은 작가가 동경하고 지향하는 이념이자 가치를 함축한 것이라는 점에서 마르크스주의적 이념이라고 봐도 무방할 것이다.

그렇다면 한설야는 왜 "미개한 종교 교도"처럼 이념에 대해서 맹신적인 집착을 보인 것일까? 절망적인 암흑기의 현실을 냉정하게 인지하고 있었음에도 불구하고 이렇듯 고집스럽게 이념적 의도를 견지했다는 것은 그럴 만한 근거가 있었기 때문일 것이고, 만일 그렇지 않았다면 그것은 일종의 망상이거나 시대착오적인 행동에 지나지 않을 것이다.

한설야가 이 시기에도 이전의 신념을 유지할 수 있었던 것은 우선 민족독립에 대한 신념을 미력하게나마 간직하고 있었기 때문으로 보인다. 특히 카프 2차 검거로 인해 옥고를 치르면서 감옥에서 접한 독립운동 소식과 이후 함흥에 내려간 뒤 직·간접으로 접한 항일운동에 대한 정보는 한설야로 하여금 자신의 신념을 유지할 수 있게 만든 중요한 근거가 되었던 것으로 보인다.

한설야가 귀향한 함경도는 한국 공산주의자들이 어느 지역보다도 깊이 뿌리를 내리고 활동했던 곳이다. 『설봉산』에 자세히 그려져 있듯이, 적색농조는 만주의 항일무장투쟁과 일정하게 연결되어 있었다. 1930년대 중반 이후 공산주의자들의 주요 활동은 만주국 간도성 장백현 지역과 함경남도 국경지방에서 전개되었는데, 이 지역은 역사적으로나 경제적으로 또 험준한 지형과 원시적인 통신수단 등에서 항일유격대가 활동하기에 매우 적합한 곳이었다. 그런 지역적 특성을 최대한 활용하면서 공산주의자들은 농사를 짓고 한편으론 빨치산 활동을 하면서 항일운동을 전개했는데, 1937년에는 활동이 더욱 활발해서 국내 공산주의 세력과 연계를 맺고 국내 침공을 감행하기도 했다. 그 대표적인 투쟁이 이른바 '혜산진 사건'이다. 1937년 6월 4일 김일성에 의해 주도된 이 사건은 경찰주재소·면사무소·산림보호구·농업시험장 등 관공서에 대해 공격을 개시하여 14명의 사상자를 낸 뒤 각종 선전문을 살포하고 물자를 노획하는 등 큰 성과를 올렸다고 한다.[51]

　만주 일대에서 벌어지고 있던 이런 무장투쟁 소식을 접하면서 한설야는 민족독립에 대한 신념을 미약하게나마 간직할 수 있었던 것이 아닐까? 더구나 그 과정에서 듣게 된 김일성의 무장투쟁 소식은 한설야를 더욱 고무시켰던 것으로 보인다. 해방 후 북한에서의 회고에 의하면 '보천보 전투'가 있었던 1938년 당시 한설야는 신문기자로 재직하고 있었고, 그 사건을 취재하기 위해 현지를 답사했다고 한다.

그것은 바로 김일성 원수 항일 무장 유격대가 보천보로 진격한 직후였다. 이때 유격대의 국내 진공에 간담이 떨어지던 왜정들은 국경 경비에 피눈이 되어 있었다. 그때 나는 신문기자로서 이 사건을 조사하기 위하여 현지에 갔던 길에 국경 일부를 밟아 보았다.[52]

이렇듯 한설야는 일제 말기에 이미 김일성의 활약상을 알고 있었고, 그것을 통해서 미약하게나마 독립의 열정과 희망을 간직할 수 있었던 것으로 보인다.

또한 1943년 7월 세 번째 투옥사건 또한 독립에 대한 한설야의 희망을 간직하게 한 요인으로 볼 수 있다. 이 세 번째 투옥사건은 1943년 미국과의 전쟁에서 일본이 패하고 있고 그로 인해 우리나라의 독립이 머잖아 이루어지리라는 것, 그리고 독립이 된다면 이후 우리 민족은 어떤 일을 해야 할 것인가 등을 의논했던 문석준과 연계되어 일경에 체포된 것을 말한다. 이 사건으로 한설야는 1943년 7월에서 이듬해 1944년 봄까지 옥살이를 하는데,[53] 그 과정에서도 민족독립에 대한 여러 풍문과 정보를 접했던 것으로 보인다.

이런 체험들을 근거로 한설야는 혹독했던 암흑기를 버티면서 자신의 신념을 내면화된 형태로 유지할 수 있었던 것으로 짐작된다. 물론 그 이면에는 외부현실의 변화보다는 자신의 생각만을 고집하는 한설야의 강한 자의식도 작용했을 것이다. 한설야는 타자를 수용하고 그것을 통해서 주체를 형성하고 조정하는 것이 아니라 자신의 신념을 선험적 진리인 양 신뢰하는 독선적인 주체의 모습을 보였는데, 이는 변증법적 과정을 통해서 진리를 인식하고 조정하는 것과는 다른 모습이다. 인간의 성격이나 환경은 끊임없이 변하게 마련이지만, 한설야 소설에는 그런 변화의 모습이 별로 나타나지 않으며 대신 틀로 찍어놓은 듯한 작위성이 주를 이루는데,[54] 이는 주체와 대상 간의 관계가 경직되어 세계를 이해하는 시선이 고정되어 있다는 것을 뜻한다. 한설야는 사회주의에 대한 절대화된 믿음을 바탕으로 현실을 이해하고 평가했을 뿐 현실과의 상호교섭을 통해서 자신의 시각을 조정하고 변화시키는 유연성을 갖고 있지는 못했다. 암흑기 작품에서 구체적인 현실이 관찰되고 있음에도 불구하고 문학적 진실이 상대적으로 떨어지는 것은 그런 데 원인이 있다. 문학적 진실이란 주체와 대상 혹은 존재와 존재자 간의 관계를 전제로 해서 형성된다. 주체-대상의 관계가 변하면서 진리는 주체 안에 대상이 드러나는 문제, 혹은 주체가 대상을 정확하게 재현/표상(representation)하는 문제가 되고, 따라서 진리는 대상의 속성이 아니라 주체의 속성이자 주체의 종합능력에 의존하게 된다. 그렇지만 한설야의 경우는 주체와 대상의 관계가 고정되어 있고, 그런 고정된 주체의 시선에다가 김일성의 무장투쟁 소식, 일제가 패배를 거듭하고 있다는 미국의 방송 등은 한설야의 자의식을 더욱 완고하게 닫아버려 종교에 눈이 먼 신자처럼 맹신성을 갖게 만든 것으로 보인다.

한설야가 일어로 된 많은 작품들을 발표했으면서도 해방 후 아무런 양심의 가책을 받지 않았던 것도 실은 그런 사실과 관계가 있을 것이다. 한설야는 등단 직후부터 일본어로 된 작품을 발표했는데, 가령 「합숙소의 밤」은 일본어(1927)로 먼저 발표한 뒤 한글(1928)로 발표하였다. 「하얀 개간지」(1937), 장편 『대륙』(1939), 단편 「혈」(血)과 「영」(影, 1942) 등은 모두 일어로 된 작품들이다. 일본어로 작품을 썼고, 그런 점에서 친일행위에 가담한 형국이지만, 그럼에도 아무런 양심의 가책을 받지 않았고 단지 "일본어로 붓을 들었다는 사실에 대해서 자기반성"[55]을 했을 뿐이다. 그것은 「합숙소의 밤」이라든가 「하얀 개간지」에서 알 수 있듯이, 표현을 일어로 했을 뿐 내용에서는 전혀 친일을 하지 않았다는 데 근거를 두고 있다. 마음으로 동의하지 않았고 또 독립의 가능성을 믿고 있었던 관계로 일어로 쓴 행위 자체가 그에게는 별 문제가 되지 않았던 것이고, 그래서 해방 후 당당하게 문단에 나서 목소리를 높일 수 있었던 것이다.

해방과 사회주의 건설의 꿈

해방과 한설야의 감격

"도적같이 온 해방이다"라는 함석헌의 말처럼, 해방은 우리에게 어떤 암시도 없이 찾아왔다. 일본의 항복과 연합군의 승리로 2차 대전이 종결되면서 우리나라는 일제의 압제에서 벗어나 자주독립국가를 세울 수 있는 절호의 기회를 맞이한 것이다. 하지만 너무나 느닷없이 찾아든 해방이어서 기쁨의 한편에는 감당 못할 혼란의 그림자를 내재하고 있었다.

2차 대전을 종결하기 위해 개최된 몇몇 국제회의에서 논의된 것처럼, 한국의 운명은 결코 우리 자신의 손에 달린 것이 아니었다. 1943년 2차 세계대전이 연합국의 우세로 돌아서면서 연합국은 전후문제를 논의하기 위해 카이로회담을 열어 '한국을 적당한 시기에 독립시킬 것'을 결의했지만, 1945년 2월 얄타회담에서는 '신탁통치'가 거론되고, 1945년

7월 포츠담선언에서는 그것이 재확인되는 등 점차 엉뚱한 방향을 띠게 되었다. 8월 9일 소련의 대일 선전포고와 한반도 진주, 뒤이은 미국의 '38선 분할안'은 한반도의 운명이 이들 초강대국의 이해관계에 의해 좌우될 것이라는 비극을 예고하고 있었던 것이다.

물론 일반인들이 느끼는 해방의 감격은 이와는 다른 차원의 것이었다. 특히 식민치하에서 "노동계급의 운명과 자기의 운명을 결합"[56]시키려는 일관된 문학 경향을 견지했던 한설야에게 해방은 "미칠 듯한 감격"으로 다가왔다. 일제가 물러갔다는 것은 자주국가를 수립할 수 있다는 것을 의미했고, 더구나 일제 말기 만주 일대에서 전개된 항일무장투쟁을 풍문으로 엿듣고 독립의 가능성을 믿고 있었던 까닭에 소련의 진주와 김일성의 등장은 그야말로 '꿈이 현실화되는 것'과도 같은 환희를 제공하였다.

지금으로부터 10년 전, 조선이 일제로부터 해방되었을 때, 나는 국경 도시에서 먼 함흥시에 있었다. 그 얼마 전에 감옥에서 출옥한 나는, 나의 여섯 번째 장편소설 『해바라기』를 병석에서 누워서 쓰고 있었다. 나는 조국이 해방되는 날을 기다리며, 해방 첫날의 첫 작품으로 발표할 생각으로 매일 찾아오는 일제 경찰의 눈을 속여 가며 이 작품을 쓰고 있었다. 그러므로 나에게 있어 이 작품은 희망이었고 또 장래이기도 하였다. 그러나 8·15 그날부터 나는 글을 쓸 수가 없었다. 나에게는 이 작품보다 더 큰 희망이 찾아왔던 것이다. 그것은 곧 해방이었으며 "해방의 구성"인 쏘베트 군대의 출현이었다. 나는 이 새로운 희망이 나의 눈앞에 나타나려는 실로 미칠 듯한 감격의 순간에 서 있었다. 그러므로 이 순간에 있어서는 쏘베트 군대를 보려는 것이 작품을 쓰는 일보다 더 절실한 일로 되어 있었다.

매일 매시각마다 "해방의 구성"을 기다리는 심정은 나에게만이 아니고 조선 사람 누구에게나 공통한 것이었다.[57]

한설야가 당시 병석에서 투병 중인 상황이었음에도 불구하고 그 다음날인 8월 16일 지방인민위원회 조직에 참가하는 등의 적극성을 보였던 것은 "새로운 희망이 나의 눈앞에 나타나려는 실로 미칠 듯한 감격" 때문이었다.

'희망이 현실화'되는 기적과도 같은 상황을 지켜보면서 한설야는 문학보다는 실제 현실, 그것도 새롭게 국가를 건설해야 하는 정치현실을 발견한 것이다.[58] 더구나 그의 고향이자 일제 암흑기를 보냈던 함흥은 적색노조의 본거지와 같은 곳이어서 해방과 함께 공산당 세력이 모든 권력을 접수받은 곳이다.[59] 인민위원회가 구성되는 등 발 빠르게 움직이는 좌익들을 지켜보면서 한설야는 식민지 이래 꿈꾸어왔던 사회주의가 실현되고 있다는 확신을 갖게 되었고 급기야 스스로 정치 일선에 투신하는 것이다.

한설야는 1946년 2월 평양에서 열린 북조선임시인민위원회에 함경도 대표로 참가하였고, 북조선문예총 창립에 관여하였으며, 5월에는 조선로동당 북조선분국 기관지 『정로』(正路)에 『김일성 장군 인상기』를 연재하였다. 그리고 9월에는 중국 동북지역의 항일무장투쟁 전적지를 답사하고 이를 바탕으로 1,000매에 이르는 『김일성 장군 전기』를 집필하였다. 또 1947년 2월에는 북조선인민위원회 교육국장이 되고, 이어 7월에서 9월까지 소련을 여행하였으며, 다음해 12월에는 그것을 바탕으로 『쏘련여행기』(교육성)를 발간하였다. 1951년에는 북조선문예총과 남조선문화단체총연합이 통합되어 조선문학예술총동맹이 결성되자 그 위원장이 되었으며, 1956년 5월에는 교육상이 되고, 1960년 9월에는 김일성의 항일무장투쟁을 소재로 한 장편소설 『력사』로 인민상을 수상하였다.

한설야가 이렇듯 정치 일선에 나서서 화려하게 변신할 수 있었던 것은 무엇보다 그가 지닌 강한 정치적 성향에서 이유를 찾을 수 있다. 한설야는 카프 성원 중에서 누구보다도 강한 정치적 성격의 소유자였다. 카프 활동을 하면서 투쟁대오에 앞장섰을 뿐만 아니라 문학을 변혁의 도구로 생각해서 늘

노동자계급의 해방과 사회혁명의 의지를 그려내고자 했다. 그런 그에게 혁명의 분위기가 무르익고 그것을 선도하는 영웅적 인물이 눈앞에 나타났으니, 더 이상 문학을 통해 자신의 의지를 간접적으로 토로할 이유가 없었던 것이다. 거기다가 평안도 건국준비위원회 위원이었던 한재덕을 통해서 김일성을 소개받았던 까닭에 그는 혁명대오에 직접 뛰어들 금상첨화의 기회까지 얻게 되었다. 한재덕은 당시 평안남도 건국준비위원회 위원으로 한설야와는 카프 시절부터 절친하게 지내던 사이였는데, 그의 주선으로 한설야는 김일성과 처음 대면한 뒤 급격히 경도되기에 이른 것이다.

이후 한설야는 김일성의 행적을 소설과 전기 형식으로 집필하면서 김일성의 열렬한 추종자로 변신한다. 만주 일대를 직접 답사하고 김일성의 항일투쟁을 조사해서 1,000매에 가까운 기록을 남긴 것은 김일성에게 경도된 한설야의 당시 심경이 어떠했나를 단적으로 보여준다. 그래서 이 시기 작품들은 김일성이라는 특정인을 맹신하고 그 영웅적 행적들을 소개하는 식으로 나타나는데, 이는 문학과 정치를 일치시키는 이른바 당파적 행동으로 이해할 수 있다. 새롭게 공산국가를 건설하고자 하는 열망에서 영웅처럼 부상한 김일성에게 모든 희망을 걸고 '나라 만들기'에 매진한 것이다. 김일성의 항일무장투쟁을 그린 「혈로」(1946. 1)를 필두로, 북한에 진주한 소련군 병사의 인간적 고뇌를 그린 「모자」(1946. 8) 등은 그런 한설야의 특징을 단적으로 보여주는 작품들이다.

그런데 여기서 주목할 점은, 김일성에 대한 한설야의 시선이 해방기와 전쟁 이후의 작품에서 미묘한 편차를 보여준다는 사실이다. 해방기에는 김일성의 과거 무장투쟁이 모두 소련 공산당의 '인민전선운동'의 일환으로 서술되지만, 1950년 전쟁을 겪으면서는 김일성의 행적이 그의 독자적인 판단과 능력에 의한 것으로 암시된다. 「혈로」와 「개선」이 전자의 모습이라면, 1951년 전쟁 기간 중에 연재를 시작한 『력사』에서는 소련에 대한 언급이 사라지고 오직 김일성의 영웅성만이 부각된다. 전쟁의 위기를 백척간두의 상황에서 일제에 맞섰던 김일성의 무장투쟁 정신을 계승해서 극복하자는 취지였던 셈이다. 하지만 김일성이 정적들을 숙청하고 북한의 실질적 지도자로 군림한 1955년 이후에 씌어진 「레닌의 초상」(1957)에서는 김일성의 행적이 인민전선운동의 일환으로 다시 강조되고, 장편 『설봉산』이나 『대동강』에서는 김일성이 뒷전으로 밀리고 대신 인민유격대라든지 적색농민조합원 등이 작품의 중심을 차지하는 등의 변화를 보여준다. 말하자면 해방기에는 김일성에게 절대적인 신뢰를 보였으나 전쟁이 끝난 이후에는 점차 마르크스-레닌주의를 강조하면서 김일성과 거리를 두고 상대적으로 객관화된 태도를 취하는 것이다.

이런 태도는 당(黨)의 공식적인 입장과는 달리 김일성에게 비판적 시선을 견지했던 한설야의 시각(즉 식민치하의 카프 활동과 적색운동에 중요한 의미를 부여한 한설야의 믿음)이 중요하게 작용한 까닭이라 할 수 있다. 해방과 함께 한설야에게 중요했던 것은 김일성을 매개로 해서 이루어지는 사회주의 국가 건설이고 그래서 김일성에 대한 열렬한 신뢰를 표했지만, 전쟁이 끝난 뒤 김일성 우상화가 본격화되는 과정을 지켜보면서 그것이 과연 사회주의 건설에 합당한 것인가를 심각하게 성찰했다는 것을 시사한다. 한설야는 김일성 우상화가 본격화되자 점차 비판적인 태도를 취하고 결국 숙청의 비극을 맞는데, 거기에 비추어볼 때 '작품에 드러난 김일성의 형상'은 김일성에 대한 한설야의 정치적 입장과 태도를 보여주는 바로미터와 같은 것으로 이해할 수 있다. 김일성을 추앙하고 맹종하다가 레닌주의를 언급하면서 김일성과 거리를 두는 것은 김일성의 우상화가 사회주의 운동의 이념과 본질에서 벗어났다는 판단을 단적으로 표명한 것이다.

이런 미묘한 입장을 담고 있는 해방 후의 소설들은 크게 다음과 같은 세 부류로 나누어진다.[60] 하나는 김일성의 영웅적 형상과 만주 항일무장투쟁의 정신을 계승하자는 취지를 담고 있는 「혈로」, 「개선」, 『력사』 등이고, 다음은 소련에 대한 애정과 찬사를 내용으로 하는 「모자」, 「얼굴」, 「남매」, 「기적」, 「레닌의 초상」 등이며, 마지막은 반미와 전쟁을 소재로 한 「초소에서」, 「전별」, 「승냥이」, 「황초령」, 「땅크 214호」, 『대동강』 등이다. 이 외에도 과거 식민치하의 적색농조투쟁을 다룬 『설봉산』이 있으나, 이 작품 역시 적색농조의 활동을 김일성의 항일무장투쟁과 연결시키고 있다는 점에서 크게는 첫 번째 유형에 속한다고 볼 수 있다. 흥미로운 것은 소련을 제재로 한 작품이 김일성을 제재로 한 것의 세 배나 되는 점, 따라서 해방 후의 한설야를 이해하기 위해서는 그의 문학과 정치적 행로를 지배한 소련과 김일성에 대한 태도를 중요하게 살피지 않을 수 없다는 사실이다.[61]

김일성과 소련의 의미

한설야에게 김일성이란 과연 어떤 존재였을까. 외견상으로 보자면 김일성에 대한 한설야의 존경과 신뢰는 거의 신앙에 가까운 것이었다. 과거 이념에 대한 맹신적 태도가 김일성에 대한 맹목적 충성으로 돌변한 형국이라고나 할까. 물론 해방과 함께 곧바로 권력의 실세로 자리잡았고 전쟁이 끝난 뒤에는 대중적 기반을 확고히 굳혀서 거의 신적인 존재로 추앙받던 김일성 치하에서, 최고 지도자에 대한 존경심을 표하는 것은 당연한 일로 볼 수도 있다. 더구나 한설야는 김일성의 후원으로 정치 일선에 나서 고위간부까지 지낸 까닭에 그에 대한 거리감을 갖기가 더욱 힘들었을 것이다. 하지만 문학작품이란 어떤 식으로든 개인의 견해를 진솔하게 드러내게 마련이라는 점에서, 작품의 이면에 놓인 또 다른 측면을 헤아려볼 필요가 있다. 한설야가 김일성에게 찬사를 아끼지 않았던 것은 개체적 존재로서의 김일성이라기보다는 그로 표상되는 '사회주의 국가 건설'에 있었다.

해방이 되고 한설야가 김일성을 처음으로 만난 것은 1945년 12월 초였다. 김일성이 원산을 통해서 귀국한 것이 9월 19일이었으니, 귀국한 지 3개월이 지난 시점이었다. 이 만남은 언급한 대로 한재덕의 주선에 의해서 이루어졌는데, 당시 한재덕은 평안남도 건국준비위원회 위원이었다. 평남 건준은 조만식(1883~1950)을 위원장으로 해서 기독교 장로인 오윤선이 부위원장을 맡고 있었는데, 20명이 넘는 초창기 위원들 중에 공산주의자는 단 2명으로 그중의 한 사람이 바로 한재덕이었다. 한재덕은 일본 '제3 전선파'의 일원으로 카프 시절부터 한설야와 절친하게 지내던 사이로 일본 프롤레타리아 과학연구소의 회원이자 프롤레타리아 연극 운동사상 첫 좌익극장인 '마치극장'을 창설한 사람이며, 평양 고무공장 총파업 당시 고경흠·김삼규 등과 함께 배후조종자로 검거되기도 했던 인물이다. 한설야는 이 한재덕의 소개로 김일성을 만나고 그의 열렬한 추종자로 변신한다. 임화가 박헌영의 노선에 가담해서 인민성을 내세우며 민족문학론을 제창하고 있을 무렵, 한설야는 한재덕의 후원으로 김일성주의로 치닫고 있었던 것이다.[62] 1930년대 중반부터 만주 일대에서 전개되고 있던 김일성의 무장투쟁에 대해서 어느 정도 정보를 갖고 있었던 까닭에 해방과 더불어 김일성이 북한에 나타나자 한설야는 아무 의심 없이 그의 추종자로 탈바꿈한 것이다. 전향과 변절로 얼룩졌고, 무장투쟁을 생각할 수도 없었던 시기에 일제와 투쟁하면서 국내 진공을 감행했던 김일성의 존재란 공산주의 추종자 한설야에게는 그 자체로 경이와 찬탄의 대상일 수밖에 없었던 것이다.

더구나 김일성은 북한의 사회주의 건설 과정에서 대중들로부터 광범위한 지지를 획득하고 있던 인물이었다. 당시 북한 지역은 남한에 비해 사회주의 전통이 상대적으로 강했던 까닭에 해방과 더불어 인민위원회를 비롯한 각종 주민자치 조직들이 우후죽순처럼 생겼고, 그것이 점차 북한 정권의 모태로 발전하였다. 김일성은 이들 조직을 흡수하는 한편 박헌영과 담판을 통해서 조선공산당 북조선분국의 설치에 성공했고, 이후 항일 빨치산 세력을 활용하면서 북한 공산주의자들을 조직적으로 결집시켜나갔다. 김일성은 공산당 내부의 주도권을 장악한 뒤 북조선분국을 의도적으로 중앙지도부

또는 중앙위원회라고 칭하고 서울의 중앙조직과 차별화시키면서 사실상 독자적인 조직으로 키워 나갔고, 1945년 12월 북조선분국 3차 확대회의를 통해 마침내 제1인자의 지위를 확보하기에 이른다. 입국한 지 3개월 만에 북한 지역 공산당 제1인자로 떠오른 것이고 대중적으로도 조만식과 더불어 가장 널리 알려진 인물로 부상한 것이다. 이 과정에서 김일성은 사회주의 건설을 위한 여러 정책들을 제시하고 시행하면서 북한 전역에서 광범위한 지지를 획득한다. 이를테면 3차 확대집행위원회에서 김일성은 「북부조선공산당 공작의 착오와 결점에 대하여」라는 제목의 보고를 통해서 '조선민주주의정권 수립을 위한 노력과 통일전선의 공고화, 전체 당원들의 조직사상적 통일을 위한 투쟁, 사회정치기관에 대한 당의 영향 강화' 등을 내용으로 하는 실질적인 사회개혁 방안을 제출한 뒤 시행하였으며, 그런 성과를 바탕으로 정치질서를 급속하게 재편해나갔다.[63]

한설야가 조선로동당 북조선분국 기관지 『정로』에 『김일성 장군 인상기』를 연재하고 그해 9월에는 중국 동북지역의 항일무장투쟁 전적지를 답사하는 등 김일성에게 급격히 경도된 시점이 1946년 5월과 9월경이었다는 것은 이 일련의 과정을 지켜보면서 김일성에게 깊이 공감했기 때문이라고 할 수 있다. 한설야가 전적지를 답사한 것은 1946년 9월부터

였는데, 김재용이 상세하게 밝힌 대로, 중국 내전에서 자유로운 지역을 두루 순방하면서 김일성의 행적을 조사하고, 그 내용을 『노동신문』에 『영웅 김일성 장군』이라는 제목으로 연재했는데,[64] 스칼라피노의 견해에 따르면 김일성에 대한 최초의 공식 전기는 바로 한설야의 이 글이다. 『노동신문』에 연재한 『영웅 김일성 장군』을 단행본으로 묶은 『영웅 김일성 장군』(평양, 1946)이 그 최초의 저작이라는 것.[65] 이 책을 직접 확인하지는 못했으나, 그 책을 저본으로 해서 출간된 것으로 보이는 1947년판을 통해서 필자는 김일성에 대한 한설야의 열정을 확인할 수 있었다. 책의 서문에서 편자는 저자 한설야의 양해를 구하지 못하고 이 책이 출판되었음을 밝히고 "(이 책이) 조선인이 자기들의 영웅에 대한 지식을 얻는 데 이바지하게 된다면 한씨는 아마 편자를 크게 허물하지 않으리라"[66]는 말을 남기고 있다.

한설야가 김일성에게 매료된 또 다른 이유는 소련에 의해 선택된 유일한 지도자가 김일성이었다는 점도 한 몫을 했을 것으로 보인다. "꿈속에서도 동경했던" 공산국가 소련에 대한 신앙적 믿음을 갖고 있었던 한설야에게 소련이 선택한 유일한 지도자가 김일성이었다는 것은 그 자체로 보증수표와 같은 신뢰를 주기에 충분했을 것이다.

사실 소련이 북한의 지도자를 선택하는 과정은 외형처럼

간단하지 않았고 또 북한에 진주한 뒤 바로 김일성을 선택했던 것도 아니었다. 김일성을 선택한 것은 대략 다음과 같은 과정을 통해서였다. 즉 박헌영과 김일성을 비교하면서 사태를 관망하던 소련은, 1945년 9월 초순 극동군 총사령관 바실레프스키를 통해 김일성을 비밀리에 모스크바로 보내라는 스탈린의 긴급 지시를 전달했고, 그 지시에 의해 총사령관은 하바로브스크에서 소련군 특별 수송기를 통해서 김일성을 모스크바로 보냈다. 소련은 김일성이 마르크스-레닌주의 이론과 사회주의 정책과 당의 조직 등에 대한 학식을 갖추지는 못했지만 정치적 리더십과 계략에서는 뛰어나다고 평가했고, 특히 권력을 장악하는 과정에서 당과 임시인민위원회 등의 중간 간부로 천거된 사람들 중에서 친일파를 철저히 배제한 것을 중요한 장점으로 인정했다고 한다. 반면, 박헌영은 이론에서는 탁월하나 지도력과 과거 식민치하의 행적에서 의심을 받았다. 식민치하의 현실에서, 그것도 해외가 아닌 조선 국내에서 살아남았다는 것은 일제에 협력하거나 타협했을 가능성이 크다고 본 것이다. 그런 판단에서 소련은 점차 김일성에게로 무게중심을 옮겨나갔고, 이후 김일성은 12월 17, 8일 조선공산당 북조선분국 제3차 확대집행위원회에서 일약 '책임비서'로 추대되어 사실상 북한의 1인자에 오르고, 1946년 7월말에는 모스크바에서 스탈린과 다시 면담하면서 박헌영을 제치고 북한의 유일한 지도자로 선택받는다. 은밀하게 진행된 이 일련의 과정에서 김일성은 최고의 실권자로 군림하고 이후 소련의 본격적인 후원을 받기 시작하는 것이다.

한설야가 김일성의 항일 전적지를 답사하고 김일성을 소재로 한 첫 작품인 「혈로」를 발표한 시점이 1946년 8월이었다는 것은 소련이 김일성을 선택한 시점과 견주어볼 때 매우 시사적이다. 이를테면 한설야가 그동안 베일에 싸여 있었던 김일성의 항일무장투쟁의 정신과 행적을 알리는 작업에 본격적으로 나선 것은 당시 소련이 김일성을 선택한 뒤에 취한 일련의 정책과 일정하게 관련된 것으로 보인다. 소련은 김일성을 선택한 뒤 우상화 작업에 본격적으로 나서서 방송을 시작하고 종료할 때는 반드시 「김일성 장군의 노래」를 틀도록 했고, 김일성이 비밀리에 지방 순방에 나설 때는 사진 기술자를 수행시키는 한편 중요 사안이 있을 때마다 슈티코프 대장이 기자회견에 직접 나서서 언론의 분위기를 장악하는 등 김일성의 부상에 큰 힘을 실어주었다고 한다.[67] 한설야의 행위가 소련의 이 우상화 정책과 어떤 관련을 갖는지는 확인하지 못했으나 소련이 북한의 유일한 지도자로 김일성을 낙점하고 본격적으로 우상화 작업을 개시한 시점과 한설야의 행동이 시기적으로 거의 일치한다는 것은 둘 사이가 전혀 무관한 게 아니라는 점을 시사하는 셈이다.

1) 항일무장투쟁의 '혈로'

해방과 함께 한설야의 영혼을 사로잡았던 것은 조선 전역에 사회주의 국가를 건설해야 한다는 굳은 믿음이었다. 평생을 두고 갈망했던 공산주의가 소련의 진주와 함께 구체적인 현실로 눈앞에 전개되고 있다는 것은 암흑의 터널을 지나 광명천지를 만난 것처럼 그에게는 일종의 '경이 그 자체'로 비쳐졌다. 더구나 그 건설의 선두에는 일제에 맞서 혁혁하게 무장투쟁을 전개했던 '김일성 장군'이 우뚝 서 있다. 일제치하 김일성의 활약상을 몰래 엿듣고 가슴 깊은 존경심을 간직하고 있었던 까닭에 한설야에게 김일성이란 '사회주의 건설의 꿈이자 희망'으로 다가왔던 것이다. 게다가 한설야는 성격적으로 어떠한 상황에서도 자신의 신념을 굽히지 않는 강직한 성정을 갖고 있었다. 이북만과의 논쟁이나 암흑기의 작품에서 알 수 있듯이 한설야는 자신의 원칙과 신념에 철저했고, 그런 고지식함으로 인해 한때 조직에서 밀려나 낙향한 적도 있었다. 한설야가 김일성에게 빠져들어 열렬한 추종자가 되고 유적지를 답사하는 등의 맹신성을 보이게 된 데는 그러한 성격 또한 중요하게 작용했던 것으로 짐작된다. 하지만 간과할 수 없는 것은 그런데도 한설야는 과거의 역사적 사실을 왜곡하거나 부정하지는 않았다는 데 있다. 즉 김일성에 대한 존경심은 과거의 행적에 대한 사실적인 이해와 함께 시종일관 국제공산주의운동의 연장선상에서 수용하는 태도를 보여준다. 「혈로」에서 드러나듯이, 김일성의 항일유격대 활동은 실제 사실에 바탕을 두고 있고, 또 김일성의 행적은 소련 공산당 '인민전선운동'의 연장에서 서술되는데, 이는 김일성에 대한 한설야의 근본 입장을 보여주는 것이라는 점에서 중요하게 살펴야 할 대목이다.

김일성을 소재로 한 최초의 작품인 「혈로」는 북한에서 '식민치하 최고의 유격전'으로 평가되는 1937년 6월의 '보천보 전투'를 소재로 한 작품인바, 1946년 1월에 탈고해서 그해 8월에 『우리의 태양』에 발표되었다.

작품의 배경은 전투가 일어나기 전해인 1936년의 압록강 유역이다. 보천보 강가에 다다른 김일성은 낚시를 하면서 그곳에서 뛰놀던 어린 시절과 왜놈 역할을 맡은 중국 동무를 얼음판에 때려눕힌 일, 왜놈과 싸워야 한다는 아버지의 말씀 등을 떠올리며 감회에 젖어든다. 김일성에게 낚시는 휴식이자 전투를 구상하는 일이었다. "드리운 낚시줄을 더듬어 그때마다 물속에 왜놈잡기 쌈판을 그리는 것이다." 이런 구상을 바탕으로 김일성은 적을 유인한 뒤 격퇴했다는 게 작품의 대체적인 내용이다.

물론 이런 내용을 서술하는 과정에서 작가는 김일성에 대한 무한한 존경과 신뢰를 드러내며, 또 작중의 인물들 역시 김일성에 대한 절대적인 믿음을 보여준다. 작품은 소설이라기보다는 마치 영웅 전기의 한 대목을 보는 듯한 외경심으로 채워져 있는 셈이다. 하지만 그 과정에서 작가는 결코 과거의 역사적 사실을 왜곡하거나 날조하지 않는데, 그 단적인 사례가 김일성의 항일유격대활동을 '국제공산주의운동'의 연장선상에서 이해하는 대목이다.

장군은 지금 만주 땅에 앉았으나 낚시는 국경을 넘어 국내 여러 지점에 떨어져 있었다.

장군은 일찍이 1936년 초에 조국광복회를 조직하고 동만주에서 장백산, 두만강, 압록강 전 지구에로, 전 만주에로, 또는 조선 국내에로 손을 뻗쳐 혜산, 회령, 종성, 무산, 경흥, 은성, 부령, 갑산, 성진, 길주, 명천, 원산, 흥남 등지에서 줄을 늘이고 있었다.

<u>이것은 당시의 국제 공산주의 로선인 '인민전선' 운동의 조선에서의 실천이었다.</u> (……)

장군은 거사 전 면밀한 정세 조사를 하기 위하여 우선 국내에 정치 공작원을 보낼 것. 국내 각지의 조국 광복회를 확대 강화할 것. 그리하여 인민혁명군의 국내에서의 행

동을 용이하게 하는 엄호로 되게 할 것. 필요한 지대를 습
격한 다음 그것을 발판으로 싸움을 계속하는 경우 식량과
자금을 국내에서 조달할 것…….

　이런 것이 장군의 머리에서 번개쳤다.(밑줄—인용자)[68]

　김일성이 1936년 '조국광복회'를 결성하고 동만주 일대로
이동해 국내의 혜산 등과 연계를 맺고 있었다는 사실, 이 일
련의 행위들은 모두 국제공산주의 노선인 '인민전선운동'을
구체적으로 실천한 것이었다는 게 한설야의 생각이다.

　이런 견해는 스칼라피노 등의 글을 참조할 때 실제 사실과
거의 일치하는 것으로 확인된다. 가령 1936년을 전후한 시
기의 김일성의 행적은 작품 속에 언급되거나 암시된 것과 흡
사한데, 곧 1936~37년 당시 김일성의 행적은 크게 두 가지
로 정리될 수 있다. 하나는 '조국광복회 결성'이고, 다른 하
나는 '보천보 전투'이다. 1936년 2월 김일성은 난후토우(南
湖頭)회의에 참가했고, 이 회의에서 한인 지도자들과 함께
코민테른 7회 대회에 참가한 후 갓 돌아온 웨이 정민과 회담
했다. 웨이 정민은 코민테른 7회 대회에서 채택된 기본 테제
에 관해 상세히 설명한 뒤 "조선공산당을 재건설하라"는 코
민테른의 지령을 전달했고, 이에 대해 김일성은 코민테른의
새로운 노선을 받아들이고 부대를 국내 침투가 용이한 한만

접경지역으로 옮기겠다고 말했다. 그래서 김일성은 다음 달인 3월에 간도 접경지대의 미훈첸(迷混陣)으로 부대를 옮겼고, 공식적으로 제2군 6사의 사장(師長)으로 취임하였다. 이후 남하를 계속한 김일성은 1936년 5월 후쑹현(撫松縣)에 도착했고, 거기서 보름간의 뚱깡회의를 가진 뒤 '조국광복회'를 결성하고 10대 강령을 발표하였다. 이 강령은 물론 코민테른의 신전략과 전적으로 일치하는 것이었다. 이후 1936년 10월경부터 30여 명의 공작원을 국내로 잠입시켰고, 이를 계기로 국내와 연계를 맺는 데 성공한 만주 유격부대는 국내 침공을 본격적으로 감행하는데, 그 결과가 바로 북한이 '조선혁명운동사의 대이정표'라고 찬양하는 이른바 '혜산진사건'이다. 1937년 6월 4일, 김일성은 소수의 유격대를 이끌고 혜산진에서 약 24킬로미터 떨어진 압록강변의 보전(保田, 보천보〔普天堡〕)에 대한 공략을 감행해서 경찰주재소·면사무소·산림보호구·농업시험장·우체국 등등의 관공서를 공격했다. 이 공격으로 경찰 7명이 살해되고 7명이 중상을 입었고, 전투가 종료된 뒤에는 김일성이 마을 주민들을 모아놓고 정열적인 연설을 했다고 한다.[69]

이런 사실을 염두에 두고 「혈로」를 읽자면, 작품의 내용은 보천보로 향해서 이동하는 김일성 유격대의 일화를 소재로 하고 있다는 것을 알 수 있다. 보천보 강가에 도달해서 잠시 휴식을 취하고 전투를 구상하는 김일성의 일화를 소재로 하고 있는 셈이다. 물론 작중의 김일성에 대한 과도한 의미 부여와 찬사는 작품의 진실성을 의심케 하지만, 서술된 사건은 대체로 역사적 사실에 근거를 두고 있다는 점에서 전혀 터무니없다고는 볼 수 없다. 김일성이 낚시를 즐겼고, 낚시를 하면서 깊은 생각에 잠겨 전투를 구상하고 작전을 짰다는 내용 역시 크게 과장된 것으로 보이지는 않는다.

그렇다면 한설야에게 김일성이란 단순한 맹신의 대상이 아니라 소련의 후원 속에서 활동한 '공산주의 운동의 영웅'이라는 것을 알 수 있다. 말하자면 북한에 사회주의 국가를 건설하기 위한 수단으로 선택한 인물이 한설야에게 있어서 김일성이었다. 그런 관계로, 후술하겠지만, 소련과 중국이 배제되고 김일성 중심의 유일사상 체계가 확립되는 과정을 한설야는 침묵으로 지켜볼 수만은 없었던 것이다. 그의 관심은 어디까지나 사회주의 국가 건설에 있었다.

이런 사실을 좀더 분명하게 보여주는 것이 다음에서 살필 '소련'을 소재로 한 작품들이다. 해방기에 발표한 소설 중에서 이 부류에 속하는 작품이 김일성을 소재로 한 것의 세 배 이상이나 된다는 것은 당시 한설야의 궁극적 관심이 어디에 있었는가를 보다 구체적으로 실감하게 해준다. 이들 작품은 양적으로 많을 뿐만 아니라 내용에서도 소련에 대한 깊은 신뢰와 존경으로 채워져 있는데, 그것은 여러 수필에서 토로되었듯이, 해방과 함께 한설야를 사로잡았던 것은 '소련'으로 상징되는 사회주의 국가의 건설이었음을 단적으로 말해준다. 언급했듯이, 해방이 되자 한설야에게 "미칠 듯한 감격"을 준 것은 다름아닌 "해방의 구성인 쏘베트 군대의 출현"이었고, "쏘베트 군대를 보려는 것이 작품을 쓰는 일보다 더 절실한 일"이었다고 앞의 「10년」[70]에서 고백한 적이 있다. 또 「해방전후」에서는, "그처럼 사무치게 쏘련군을 기다리는 것은 남의 심정이 아니고 곧 나의 심정이요 또 나 한 사람의 심정이 아니고 모든 조선사람의 심정이였던 것이다. 어린이들까지도 물론 같은 마음이였다"[71]고 토로하는데, 이는 소련군의 출현을 통해서 식민지 이래 꿈꾸어왔던 사회주의 국가 건설의 가능성을 발견했기 때문이다. 그런 믿음에서 한설야는 해방과 더불어 불편한 몸을 이끌고 16일 지방인민위원회 조직에 참가하는 등의 적극적인 행보를 취한 것이다. 따라서 해방 후 한설야 소설은 김일성을 제재로 한 것과 소련을 제재로 한 것으로 구분되지만, 그것은 궁극적으로 공산국가를 열망하는 한설야의 심경을 표현한 것이라는 점에서 근본적으로 동일하다.

2) 사회주의 건설과 '소련'

소련을 소재로 한 작품으로는 「모자」, 「얼굴」, 「남매」, 「기적」, 「레닌의 초상」 등을 들 수 있다. 이들 작품에서는 소련에 대한 한설야의 심경이 직설적으로 드러나는데, 여기서 무엇보다 두드러지는 것은 소련(인)과 북한(인)을 동일시하려는 심리와 사회계몽의 이상적 모델로 소련을 설정하고 본받아야 한다는 생각이다. 소련을 열심히 배워서 조선에 사회주의국가를 건설해야 한다는 생각에서 한설야는 소련인의 일거수일투족에 깊은 관심을 보이고 그것을 작품을 통해서 서사화한 것이다. 김일성 유격대를 '국제공산주의운동'의 한 단위로 파악한 한설야인 만큼 그것의 총본산인 소련(혹은 소련의 문화)이란 현실이자 동시에 이상이었던[72] 것이다.

소련을 소재로 한 첫 작품인 「모자」는 '어느 쏘베트 전사의 수기'라는 부제처럼 우크라이나가 고향인 어느 소비에트 병사가 조선에 진주한 후 겪은 일화를 다루고 있다. 여기서 소련 병사는 조선의 산하와 사람들을 자신과 동일시하는 모습을 보이는데, 가령 조선의 산야가 마치 고향인 우크라이나와 흡사하다는 것을 발견하고 고향에 대한 그리움에 젖어들며, 또 조선의 전통춤인 '승무'(僧舞)를 보고는 그것이 인간의 내면에 눌려 있는 "인간성이 종교의식에 반발"하는 과정을 표현하고 있다고 감탄한다. 사실 그는 고향도 가족도 없는 상태였다. 독일 파시스트와 전쟁을 치르는 과정에서 고향의 노모와 아내, 어린 두 자식이 독일군에 의해 무참히 살해되었는데, 그런 비극적인 상처를 간직하고 있었던 관계로 그는 조선의 아이들을 마치 친자식처럼 생각하고 깊은 사랑을 보여준 것이다. 작품 말미에서 병사는 어린 딸 프로샤에게 주려고 사두었던 모자를 조선의 어린 여자아이에게 씌워주면서 "죽은 자식에게로 가는 나의 맘―아버지의 맘"을 느끼는 것은 그런 육친적 심정을 표현한 것이다.

「얼굴」은 1948년 10월에 창작되어 『선집』(단편집)에 수록된 작품으로, 해방 직전인 1945년 8월 12일을 배경으로 해방을 기다리는 병수의 일화를 다루고 있다. 이 작품 역시 소련군에 대한 작가의 절대적 믿음에 바탕을 두고 있다.

중편인 「남매」는 그런 믿음을 바탕으로 소련을 이상화하고 그들의 모습을 적극적으로 배워야 한다는 계몽적 의지를 표현하고 있다. 작품에서 그것은 주인공 '원주'의 시선을 통해서 표명된다. 즉 폐병으로 병원 신세를 지게 된 원주의 눈에 비친 소련 의사 크리블랴크는 위생관념이 워낙 뛰어나서 창살이나 라디에이터에 먼지가 있으면 거침없이 소제부를 꾸짖어 청소하게 만드는 인물이다. 원주에게도 병이 완전히 나을 동안 일체 바깥출입을 금지시켰고 어느 누구와도 접촉하지 못하게 하였다. 병원의 간호부들 역시 철저한 위생관념과 합리적인 인식의 소유자들이어서 당직 간호원들은 업무 인계를 할 때 물건의 수효가 맞는지 틀리는지를 엄격하게 따 졌고, 조선인 병원 소제부 역시 그런 태도를 본받아 맡은 바 직분에 한 치의 착오가 없도록 최선을 다한다. 또한 이들은 하나같이 따스한 인간애의 소유자들이어서 환자들이 쓴 약 을 싫어하면 먹기 좋은 약으로 바꾸어줄 뿐만 아니라 혼자 외롭게 입원해 있는 원주를 보고는 어서 어머니 품으로 돌아 가기를 기원해주기도 한다. 원주는 이 크리블랴크의 헌신적 인 치료에 힘입어 삼 개월 보름 만에 병을 완치하고 퇴원하 는데, 이 과정에서 크리블랴크는 원주에게 생명의 은인이자 '어머니'와도 같은 존재로 각인된다.

그리고 그보다도 저를 죽음에서 건져 준 크리블랴크 선 생의 파아란 눈동자──자기의 몸을 꼭 껴안듯이 하고 나 무로 만든 청진기를 통하여 고달픈 제 심장을 엿듣는 선생 의 번쩍이는 눈동자, 입원하던 날 밤에 잠도 못 자고 자기 를 꼭 지켜 주고 껴안아 주고 그리고 이따마큼씩 굵다란 주사를 놓아 주고 손발까지 문질러 주던 그 땀 난 얼 굴…… 그것은 영원히 원주의 머리에서 사라지지 않을 것 이었다.

아무리 괴로운 때라도 크리블랴크 선생의 그 눈동자만

보면 자기는 절대로 죽지 않는다는 굳은 신념이 생겼다. 어머니 품에 안기듯 원주의 마음은 언제나 크리블랴크 선생에게 안겨 있었다.[73]

이와 같이 소련인은 생활의 자세나 인간적인 품성에서 거의 완벽한 존재로 나타나며, 이런 사실을 말하면서 작가는 "태양이 결코 우연히 솟을 수 없는 것처럼 오늘의 쏘련이나 그 무서운 승리들이 결코 스스로 된 것이 아닌 것"을 환기하고, 주인공으로 하여금 자기 생활을 반성하고 새롭게 태어날 것을 결심케 하는 것이다.

이 부류에 속하는 작품들은 이렇듯 대부분 소련에 대한 일방적인 찬사와 믿음으로 되어 있다. 작품의 이런 내용에 비추어볼 때 해방과 더불어 한설야를 사로잡았던 것은 소련을 통한 북한의 사회주의 건설이었음을 다시금 확인할 수 있다. 소련이란 한설야에게는 구원자이자 동시에 지향해야 할 이상적 모델이었고, 그래서 작품을 통해서 그들의 생활과 가치관을 전파하고자 했던 것이다. 그런데 소련을 표본이자 모델로 생각했다는 것은 한편으론 그것이 북한에서 전개되는 사회주의 건설을 이해하고 평가하는 근거가 된다는 것을 의미하기도 한다. 소련을 모델로 생각했다는 것은 북한의 현실이 그렇지 못했을 경우에는 언제든지 소련과의 비교를 통해서 비판하고 바로잡을 수 있다는 생각을 내재하고 있다. 이런 사실은 이후 한설야가 북한사회가 김일성 우상화로 치닫자 비판적인 태도를 취하면서 거리를 두었던 이유를 설명해주는 중요한 근거라 할 것이다.

해방기의 한설야는 이렇듯 식민지 이래의 사회주의와 소련에 대한 믿음을 강하게 견지하고 있었고, 그런 믿음에서 소련에 대한 동경과 모방의 심리를 표현하였다. 이런 태도는, 이전의 독선적이고 타자 배제적인 모습이 아니라 타자를 절대시하고 모방하려는 태도라는 점에서 이른바 '상상적 동일시'의 모습을 떠올리게 한다. 말하자면 주체가 대상의 어떤 이미지를 가정하고 그것이 마치 자신의 모습인 양 받아들이는 것으로, 작품에 나타난 소련의 이미지란 실제의 모습이라기보다는 한설야에 의해 상상된 것이다. 새로운 국가를 만들기 위한 열의에서 실제 현실의 모습보다는 그것과의 단절을 통한 이념형으로서의 대상을 추구했던 것이다.

민주기지노선과 김일성의 영웅화

한국전쟁을 겪은 후 한설야 소설은 여러 가지로 변화를 보여준다. 이른바 '민족해방전쟁'을 치르면서 북한은 초반에 승기를 잡는 듯했으나 유엔군의 참전으로 두만강까지 밀려나는 등 존망의 기로에 봉착했고, 이후 중공군의 개입으로 새로운 공세적 국면을 맞기도 하였다. 한설야가 보기에 '통일'을 눈앞에 둔 시점에서 북한이 위기에 처한 것은 전적으로 '미제국주의의 개입' 때문이었다. 미제국주의를 타도해야만 평생 동안 꿈꾸어왔던 공산주의 국가 건설이 가능하리라 생각했고, 그런 믿음에서 작품활동의 초점을 '민주기지론'에 의거한 '반미와 반제(反帝)'에 집중한다. 과거 일제에 맞서 백척간두의 투쟁을 전개했던 김일성의 무장투쟁정신을 재현하고 그것을 이어받자는 취지의 작품을 연이어 발표한 것은 일제와 동일한 타도와 부정의 대상으로 미제를 규정한 그런 인식에 바탕을 둔 것이다.

『력사』(1951~53)는 「혈로」, 「개선」 등에서 단편적으로 소개된 김일성의 항일무장투쟁을 종합적으로 집대성한 완결판과도 같은 작품이다. 작품이 창작된 것은 전쟁 중인 1951년이었다. 낙동강 전선까지 밀고 내려갔던 인민군이 유엔군의 참전으로 후퇴를 거듭하는 과정을 지켜보면서 한설야는 김일성의 무장투쟁정신을 환기하고 계승해야 할 필요성을 절감했고, 그런 심리에서 작품을 쓰게 된 것으로 보인다. 그런 관계로 작품에는 이전에 볼 수 없었던 새로운 사실들이 목격되는데, 우선 해방 이후 북한 정권이 견지하고 있던 이른바 '민주기지론'이 구체적으로 투사되고, 다음으로는 과거의 모든 항일투쟁이 (소련과의 관계가 배제되고) 오직 김일성 개인의 비범하고 영웅적인 능력에 의해 이루어진 것으로 서술된다.

주지하듯이, 민주기지노선이란 조선공산당 북조선분국의 설치(1946. 10)와 더불어 구체화된 것으로 북한을 한반도 전체의 변혁을 위한 기지로 삼아야 한다는 내용이다. 해방 후 서울에서는 국내 공산주의 세력의 주도로 조선공산당이 재건되었으나 해외에서 활동한 공산주의 세력들은 사실상 배제된 상태였다. 그런 현실에서 소련과 함께 북한으로 귀국한 해외 공산주의 세력들은 일국일당(一國一黨)의 원칙에 따라 따로 당을 만들지 못하고 대신 조선공산당 북조선분국을 만들었다. 형식적으로는 조공의 하부기관이 된 것이지만, 사실은 독자적인 당을 계획하고 있었고, 실제로 북조선분국은 점차 북조선 공산당으로 발전해가고 있었다. 북조선분국은 신민당과 합당한 뒤 조공과 완전히 독립된 '북로당'을 결성했고, 그로 인해 1949년 남로당과 통합해서 '조선노동당'을 만들 때까지 두 개의 당이 한반도에 동시에 존재했던 것이다. 이 과정에서 북한의 공산주의 세력은 소련의 진주에 의해 형성되고 있는 북한의 유리한 조건을 전 조선에 대한 혁명의 발판으로 삼고자 했는데, 그런 의도가 구체화된 것이 바로 '민주기지노선'이다. 조선혁명의 근거지로 설정된 북한이 사회개혁 및 중앙권력을 구축함으로써 남한을 해방해야 한다는 정책으로, 그것이 무력노선 · 군사노선으로 구체화된 것이 한국전쟁이었다. 그런 이유에서 북한은 6·25를 '조국 해방전쟁'으로 규정하고 대대적인 공세를 취한 것이다.[74)]

한설야 역시 이 민주기지노선에 적극적으로 찬동하고 그 실천에 앞장섰던 인물이다. 전쟁이 끝난 1954년 김일성이 신년사에서 "혁명적 민주기지를 계속 경작성 있게 보위"할 것을 주문하는 상황에서,[75)] 한설야 역시 「전진하는 조선문학」을 통해서 "민주기지를 강화"할 것을 주문하고 있는 것을 볼 수 있다.

이해는 조선 인민에게 있어서 거대한 력사적 전환기를 가져다 주었다. 조국 해방 전쟁의 승리적 종결과 함께 우리 인민 앞에는 새로운 력사적 과업이 제기되였다. 전쟁으로 인하여 혹심히 파괴된 우리의 인민 경제를 복구 발전시키여 우리의 민주 기지를 강화하며 조국의 전반적 공업화를 위한 력사적 건설 투쟁의 장엄한 첫 출발이 개시되였다.[76)]

미군 치하 평양을 소재로 인민들의 유격대활동을 다룬 『대동강』에서 미제국주의에 대한 강한 적대감과 인민 유격대원들의 영웅적 투쟁상을 그려낸 것은 바로 이 민주기지론의 입장에서 미제를 축출하고 조국통일을 완수해야 한다는 염원을 표현한 것이다. 그리고『력사』에서 김일성의 무장투쟁을 영웅적으로 형상화한 것도 결국은 일제 암흑기의 현실에서 영웅적으로 일제와 맞서 싸운 김일성의 투쟁정신을 적극적으로 본받아야 한다는 의도에서 비롯된 것이다. 식민치하에서 민족의 역량을 왜곡하고 발전을 가로막은 세력이 일본제국주의였던 것처럼, 해방된 현실에서 공산주의 국가 건설을 방해하는 가장 큰 세력이 미제라는 점, 그런 사실을 바탕으로 한설야는 미제의 본질을 폭로하고 인민들의 투쟁의지를 고취하는 내용의 작품을 창작하는 데 활동의 초점을 집중한 것이다. 그래서 이들 작품에서 김일성은 거의 완벽한 존재로 나타나고 그에 대한 작가의 시선 역시 존경과 신뢰로 채워져 마치 한 편의 영웅담을 보는 듯한 인상을 주게 된다.

1) 항일무장투쟁과 영웅의 '역사'

1954년에 출간된『력사』는 전기『영웅 김일성 장군』중에서 항일무장투쟁 부분을 소설화한 작품이다. 30개의 장으로 구성된 360여 쪽 분량의 장편으로, 무장투쟁을 전개하면서 김일성이 보여준 영웅적 면모와 '고매한 인간성'을 여러 개의 삽화로 제시하고 있다.『력사』의 내용을 정리해보면 대략 다음과 같다.

김일성은 어려서부터 일제를 몰아내고 조국을 해방시켜야 한다는 생각을 갖고 있었는데, 아버지가 일경에 체포되고 고문의 후유증으로 사망한 뒤인 17세가 되면서 그런 생각을 구체적인 신념으로 굳힌다. 이후 공청 서기로 활동하다가 독립군과 연락을 주고받았다는 죄목으로 길림 감옥에서 일 년 가까운 시간을 보낸 뒤 마르크스-레닌 사상으로 무장하고 1931년 중국 공산당에 가입한다. 그해 겨울에 빨치산을 조직하기 위해 입산을 결심하고 어머니에게서 아버지가 쓰던 권총 두 자루를 물려받는다. 유격대원이 된 김일성은 무송 부근에서 유격대원을 모으는 한편 일본군이나 위만 군경으로부터 무기를 탈취하여 무장을 갖추어 활동범위를 넓히는데, 그 활약상이 워낙 출중해서 1932년 하반기부터는 일경에게 커다란 공포와 전율의 대상으로 떠오른다. 이 과정에서 김일성은 팔로군과 연결을 갖는 한편 국내의 혁명세력을 추동해야 한다는 생각에서 주력을 국경지대로 옮기기로 결심하고 장백산맥 일대와 두만강 및 압록강 상류의 연만 지대에 활동의 근거지를 마련한다. 이후 김일성은 현장을 방문하고 지도하는 한편 본격적인 항일투쟁을 전개하는데, 작품에 소개된 일화는 크게 세 가지이다. 하나는 '아동혁명단'을 방문해서 지도하는 내용이고, 둘은 '시난차 지구'의 철옹성 속에 포진하고 있는 위만군과 일군을 섬멸하는 것이며, 셋은 '황니허즈 지구' 전투에서 대승한다는 내용이다. 이런 일화들을 중심으로 김일성이 만드는 고난의 '역사'를 보여주고자 한 게 작품의 전체적인 내용이다.

작품에서 무엇보다 눈에 띄는 것은 거의 완벽한 성격의 소유자로 제시된 김일성의 형상이다. 김일성은 잘 웃고 명석하며 통이 크고, 또 세심하고 낭만적 기질을 갖춘 거의 빈틈없는 인물이다. 가령 아동혁명단을 방문해서 지도하는 과정에서, 아동이 지금은 작고 빈약한 존재이지만 장차 무한히 커질 수 있는 새싹들이라는 사실을 강조한다. 아동 하나하나에도 관심을 소홀히 하지 않아 금철과 옥순을 비롯한 소년 전사들에게 깊은 애정을 보여준다. 또 요양소와 병기창을 점검하고 전투 및 사격 훈련을 직접 지도하며 심지어 식당을 순시하면서 불결한 점을 지적한 뒤 그 개선책까지 내놓는다. 식당이 불결한 것은 그것을 총괄하는 "원장 동무의 머리 한 귀퉁이에 먼지가 앉아 있기" 때문이라는 것, 비록 산속이라는 특수한 공간에서의 생활이지만 혁명은 인민들에게 실제적인 이익을 주어야 하고, 그래서 모두가 창발성을 갖고 행동해야 한다는 것을 강조하는 것이다.

이 과정에서 작가는 김일성의 가르침을 의도적으로 일상생활과 결부하여 제시하는데, 이는 작품이 쓰여질 당시 북한의 특수성을 반영했기 때문으로 볼 수 있다. 즉 사회주의 국가를 새롭게 건설하는 과정에서 생활 전반의 혁신이 요구되었고, 그런 필요성에서 작가는 김일성의 교시 하나하나를 인민생활과 연결해서 제시한 것으로 짐작된다. 실제로 전쟁을 경과하면서 북한은 거의 폐허나 다름없는 지경이었고, 그것을 재건하기 위해서는 사회 전반에 걸친 대대적인 혁신이 요구되었다. 작가가 김일성의 가르침을 빌려서 사고와 의식 전반의 혁신을 강조하고, 특히 생활에 맞는 '교과서'의 필요성을 역설한 것은 그런 사실과 관계될 것이다.

김일성은 또한 탁월한 정치력과 전투력의 소유자로 등장한다. 그는 국제정세와 향후 미래를 명석하게 꿰뚫고 있어서 위만군과 일본·소련 등의 국제정세와 역학관계를 예견할 뿐만 아니라 그런 정보를 바탕으로 유격대의 전술과 활동반경을 결정한다. 팔로군과 협조하는 한편 그들의 힘을 적절히 이용해서 유격대의 행동방식을 결정하는 식이다. 또 전투에서는 누구도 예측하기 힘든 신출귀몰하는 재주를 지녀서 적군은 김일성이 둔갑술을 부리고 축지법을 쓴다고 경악할 정도였다. 실제로 김일성 부대가 대승을 거둔 시난차와 황니허즈 전투는 객관적으로 볼 때 도저히 승산이 없는 싸움이었다. 시난차는 위만군과 일본군이 두 겹으로 철옹성을 두르고 있었고 화력면에서도 비교가 안 될 정도로 월등했다. 그런데 김일성은 여러 명의 첩자를 보내서 적정을 면밀히 정탐하고 몸소 지형을 답사하는 등 세심한 준비를 통해서 적의 허를 찌르는 백주의 기습을 감행했고, 마침내 적을 궤멸시키다시피 했다. 반면 황니허즈는 개활지여서 자칫 공격에 실패했다가는 퇴로가 노출되어 매우 위험한 지경에 처할 수도 있는 곳이었다. 김일성은 이런 지형적 특성을 세심하게 관찰하고 적정을 정탐한 뒤 적을 산속으로 유인해서 공격하는 전술을 선택하고, 마침내 대승을 거둔다.

이런 일련의 승리에 힘입어 김일성은 국내의 혁명운동과 자신의 유격대활동을 연결시키고자 한다. 국내의 길주·명천·성진·단천 등에서 농민투쟁이 폭력화하고 있고, 공장에서도 산업합리화라는 미명 아래 노동자들이 실업으로 내몰리고 빈곤 속에서 허덕이는 상황을 김일성은 간파하고 있었다. 그런 판단에서 김일성은 대중적 정치조직인 '조국광복회'를 1935년 5월 5일에 결성하고 10개조의 강령을 발표한다. "일제를 물리치고 인민의 정부를 수립할 것" 등을 골자로 하는 강령을 근거로 유격대의 통일을 강화하고 만주와 국내의 모든 반일·반제 세력을 규합하는 민족통일전선의 필요성을 역설한 것이다.

이런 삽화들을 통해서 작가는 김일성의 유격대활동을 소개하는데, 이는 실제 역사를 참조할 때 전혀 터무니없다고는 할 수 없지만, 김일성을 중심으로 한 과장이 상당 정도로 개입되어 있음을 알 수 있다. 가령 작품에서 김일성은 지략과 인품에서 거의 완벽하고 또 만주 일대의 모든 유격대와 국내의 제반 혁명세력들에게 영향력을 행사하는 '민족의 지도자'로 그려져 있으나, 스칼라피노 등의 견해에 의하면, 김일성은 1932~41년 만주에서 소수의 유격대를 이끌었던 '비중이 작은 지도자'의 한 사람에 불과했다. 김일성이 한때는 1,000명 이상의 유격대원들에게 영향력을 행사했고 또 한두 번은 그보다 많은 병력을 통제하기도 했지만, 그가 직접 지휘한 유격대원의 수는 300명을 넘었던 적이 없었다고 한다.[77] 또 작품에서는 1935년 김일성이 남만과 동만 일대에 산재한 유격대를 연합하여 '인민혁명군'을 창설하고 제6사 사장에 취임한 뒤 무송에 도착했다고 했으나, 스칼라피노의 경우는 김일성이 제2군 제6사장이 되어 무송에 도착한 것은 1936년이고, 그것도 김일성이 중국공산당 만주성위가 파견한 제6사 정치위원 웨이 민썽(魏民生)과 김일성의 상급자로 제2군 정치주임이었던 전광(全光)의 지시를 받았다고 한다.[78] 그렇지만 『력사』에서는 그 모든 것이 김일성 개인의 업적으로만 서술되어 있다. 또 조국광복회가 결성된 것은 1936년 5월 5일이고, 거기서 채택된 '10대 강령'은 작품에 제시된 것과는 달리 "반파쑈인민전선을 결성하라"는 내용의 코민테른 신전략에 의한 것이었다. 스칼라피노는 이 조국광복회를 결성한 뒤인 10월경부터 김일성이 국내로 공작원을 잠입시키는 등 국내의 지하활동을 본격적으로 전개했다고 한다. 그런데 작품에 소개된 10대 강령에는 사회주의적 개혁 방안, 올바른 이데올로기, 프롤레타리아의 헤게모니 등에 대한 언급은 없고, 대신 민족주의와 민주주의만이 강조되어 있다. 말하자면 이 강령은 국제공산주의의 후원을 바탕으로 이루어진 것이지만, 작품에서는 그런 사실이 언급되지 않고 오로지 김일성의 독자적인 활동으로만 서술되어 있다.[79] 스칼라피노의 견해가 전적으로 옳다고는 볼 수 없고, 또 그 역시 북한의 주장을 반박할 수 있는 충분한 자료 제시를 하고 있지는 않지만, 분명한 것은 '조국광복회'와 10대 강령이 전적으로 김일성의 독자적인 견해라는 주장은 근거가 약하다는 것이다. 그럼에도 작품에서는 그 모든 것이 오직 김일성 개인의 탁월한 능력과 정치력에 의한 것으로 서술되어 있다는 점에서 해방 직후 「혈로」에서 보였던 한설야의 시선이 여기서는 한층 맹신적으로 변해 있음을 알 수 있다.

게다가 한설야는 김일성의 항일유격대활동이 단지 한 개인의 특출한 재능이 아니라 민족의 오랜 전통을 이어받은 것으로 서술하고 있다. 가령 아동혁명단을 방문해서 지도하는 과정에서 김일성은 금철이라는 소년을 만난다. 그는 부모를 일본 경찰에게 잃고 고아가 되어 유격대에 합류했는데, 복수심에 불탈 뿐만 아니라 의지가 강하고 행동이 매우 민첩한 인물이다. 그가 사격에 명수라는 사실을 알고 난 뒤 김일성은 그런 전투력이 우리 민족의 오랜 전통에서 비롯된 것이라는 사실을 강조한다. 고구려시대에는 을지문덕 장군이 세 번이나 국경을 넘어온 수나라 양제의 300만 대군을 몰아냈고, 고려의 강감찬은 전후 20년을 두고 우리나라를 침범한 거란의 수십만 대군을 물리쳤으며, 또 임진왜란 당시 이순신은 일본 침략군 수십만 명을 쳐부수었다. 이런 전투력이 현재 금철과 같은 유격대원들에게 이어져 있고, 그런 전통의 한복판에 바로 김일성이 위치해 있다고 작가는 암시한다. "을지문덕 장군이나 강감찬 장군의 영웅성은 전체 인민의 힘을 뭉쳐 세운 데 있고 이 힘에 의거해서 싸운 데 있"다는 것, 이를테면 "인민 속에 발과 심장을 꽉 박고 서는 데서만 영웅성은 발현될 수 있"는데, 바로 그런 영웅이 김일성이라는 것이다. 그렇다면 김일성은 탁월한 전략가이자 정치가일 뿐만 아니라 우리 민족의 오랜 전통을 이어받은 구국의 영웅이 되는 것이다. '비중이 작은 지도자'의 한 사람이 민족을 구원한 불세출의 영웅으로 침소봉대(針小棒大)되고 있는 것이다.

이렇듯 『력사』는 처음부터 끝까지 김일성의 비범한 능력과 고매한 성품을 형상화하는 데 바쳐져 있고, 또 그에 대한 작가의 무한한 애정과 신뢰에 바탕을 두고 있다. 작품 전편에 걸쳐 이런 시선이 유지되는 관계로, 이 작품은 소설이라기보다는 실제 역사를 차용한 전기 형식의 교훈담으로 비칠 수밖에 없다. 당시 북한에서는 김일성이 거의 신처럼 추앙받는 상황이었고, 당의 문예정책 역시 "새로운 생활과 새로운 인물을 표현하여야 하며 혁명적 락관주의와 영웅주의를 표현"[80]하는 데 모아져 있었다는 점에서 이런 특성은 이해되지만, 오늘날의 시각에서 보자면 그 영웅화의 정도는 도를 넘어 거부감을 주기에 충분하다. 물론 이 작품을 통해서 북한 정권의 모태가 된 김일성의 행적과 만주 일대에서 전개된 항일무장투쟁을 엿볼 수 있고, 또 그를 바라보는 북한사회의 시선을 느낄 수도 있다. 문학사적인 맥락에서도 이 작품은 민족주의적 시각에서 간도를 중심으로 해서 전개된 독립운동을 다룬 안수길의 『북간도』와 비교될 수도 있다. 『북간도』는 간도에서 백두산 정계비를 둘러싼 중국과의 영토분쟁, 그 와중에서 고통받는 재만 이주민들의 척박한 삶을 중심 서사로 한다면, 『력사』는 김일성을 중심으로 한 항일무장투쟁을 문제 삼고 있다는 점에서 좋은 대비가 되거니와, 두 작품을 종합해보면 만주 일대를 중심으로 전개된 좌익과 우익의 민족운동을 한층 포괄적으로 이해할 수 있고, 그런 점에서 두 작품은 민족운동에 대한 소중한 문학적 증언으로 기억될 수도 있을 것이다.

하지만 언급했듯이, 『력사』의 경우 작가의 시각이 균형감각을 갖추지 못하여 대상인물의 성격과 행동이 지나치게 과장되어 나타난다. 대상인물에 대한 침소봉대 식의 믿음과 찬사는 작가가 '인민들의 영웅적 형상'에 초점을 모으고 있다는 주장에도 불구하고 자칫 역사의 발전이 특정 영웅에 의해 이루어진다는 영웅사관에 침윤된 게 아닌가 하는 오해를 심어주기에 충분하다. 노동자계급과 민중을 문학의 중심에 두고, 특히 노동자계급의 당파성을 주창했던 한설야의 이전 행적과 비교하자면, 이 작품에서 제시된 인민은 단지 계도와 지시의 대상일 뿐 결코 자기 운명의 실질적 주인이 되지 못하고 있다. 식민지시대와는 180도 다른 이런 시각은 결국 주체의 타자화, 혹은 타자에 매몰된 주체의 시선 속에서나 가능한 일이고, 그렇다면 이 시기 한설야의 시선에는 허구를 실체로 받아들이는 맹신만이 존재했다는 것을 알 수 있다. 광기와도 같은 이런 맹신성은 대상에 대한 분별력을 차단하고 미혹하는 일종의 쇼비니즘이라는 점에서 문제가 있다.

2) 미제에 대한 증오심과 인민유격대

『대동강』은 6·25 전쟁 중 미군치하의 평양을 배경으로 한 작품이다. 시간상으로 평양이 미군에 함락되고 그 지배하에 놓인 시점에서 인민군에 의해 탈환된 시점까지 3개월을 대상으로 하고 있는데, 이는 연합군이 낙동강 전선에서 반격을 개시하고 북진을 계속해서 평양을 함락하고, 원산에 상륙한 뒤 두만강을 향해 돌진해가던 때부터 중국의 개입(10월 25일)으로 북·중 연합군의 총공세가 개시되어 평양을 탈환하고 뒤이어 미군의 '12월 크리스마스 공세'를 무력화시킨 시기까지에 해당한다. 이 3개월간을 배경으로 평양에 소재한 인쇄소 직공들의 영웅적 유격대 투쟁을 그린 게 작품의 내용이다. 그런 점에서 이 작품은 인민군 치하의 서울을 배경으로 하고 있는 염상섭의 『취우』(驟雨)와 여러모로 비교되기도 한다.[81] 1952년 7월부터 1953년 2월까지 『조선일보』에 연재된 『취우』는 서울을 배경으로 6·25 전쟁의 발발에서 9·28 서울 수복까지의 3개월 동안을 다루고 있다. 전쟁이라는 극한 상황에서도 속물적인 속성을 숨기지 않는 여러 인물들을 사실적으로 묘사해낸 이 작품과 『대동강』은 흥미롭게도 적치하의 '서울'과 '평양'이라는 상징적 공간을 대비적으로 보여주는데, 『취우』가 전쟁기간 중 소시민들의 일상적 욕망과 사랑에 초점을 맞추었다면, 『대동강』은 미제를 타도해야 한다는 노동자들의 투쟁상에 초점을 맞추어 전쟁소설의 독특한 두 양상을 보여준다.

　『대동강』에서는 앞의 『력사』와는 달리 김일성에 대한 언급이 상대적으로 미미하고 대신 미군치하에서 '빨치산 별동

대'를 자칭하는 인쇄소 직공들의 투쟁담이 중심을 차지한다. 물론 이 작품 역시 '민주기지론'의 연장에서 쓰인 까닭에 작 중 김일성의 역할은 절대적인 것으로 암시되지만 그것은 단 지 인물들의 이념과 행동의 방향을 제시하는 선에서 그칠 뿐 작품의 표면에 직접적으로 드러나지는 않는다.

가령 점순을 비롯한 개별 인물들이 조직을 결성하고 투쟁 을 전개하는 과정에서 계승하고자 했던 것은 김일성의 항일 유격대 정신이다. 『황혼』의 여순이나 『설봉산』의 순덕과 흡 사한 역할을 하는 점순은 지하활동을 전개하면서 어려움에 직면하면 무의식처럼 김일성 장군의 빨치산 이야기를 떠올 린다. 김일성은 유격대활동을 시작하면서 고춧가루를 가지 고 다니면서 왜놈 군대나 순경들을 만나면 그것을 뿌린 뒤 권총을 빼앗거나 또 그들을 업고 강을 건너다가 깊은 곳에 이르면 물속에 처박아 죽인 뒤 무기를 탈취했다는, 때로는 농민으로 변장한 뒤 농민 행세를 하다가 돌연 발길과 주먹으 로 때리거나 돌팔매로 거꾸러뜨리고 무기를 획득했다는 등 의 일화를 떠올리며 점순은 "장군님의 교훈을 우리 살 속에 박아"[82] 넣어야 한다고 다짐한다. 그리고 점순을 비롯한 인 쇄소 직공들이 개별적이고 분산적인 투쟁을 전개하다가 점 차 조직을 정비하고 유격대와도 같은 일사분란한 투쟁대오 를 갖추는 것도 김장군의 가르침이 이들 모두에게 내면화되어 있었기 때문이다. 북·중 연합군이 유엔군과 맞서는 방법 역시 김장군의 유격대활동을 그대로 답습한 것으로 제시된다. 험준한 산악으로 뒤덮인 북한의 지형적 특수성을 고려해서 북·중 연합군은 야음을 틈타 적을 포위한 뒤 기습공격을 감행했는데, 이는 과거 김일성 부대가 자주 사용했던 방법이다.

이렇듯 작품에는 김일성이 직접 등장하지는 않고 인물들의 사고와 행동을 지배하는 식이고, 그래서 작품은 마치 김일성의 교시를 여러 인물들이 일선 현장에서 실천하는 형국으로 되어 있다.

작품에서 인민들이 중심적 역할을 하는 것은 일찍이 한설야가 김일성의 교시를 빌려서 "전후 북한문학에서 필요한 것은 전선과 후방에서의 영웅들을 형상화하는 사업"이라고 주장했던 것과 맥을 같이 한다고 볼 수 있다. 김일성은 "조국해방전쟁 기간을 통하여 우리 작가 예술가들은 많은 문학예술 작품을 창작하였으나, 그 사상적 내용으로나 그 예술성으로 보아 우리 영웅적 인민들이 응당히 가져야 할 고상한 예술작품을 창작하지 못하였다"[83]고 지적했는데, 그 지시에 따라 한설야는 후방 인민들의 영웅적 투쟁담을 내용으로 하는 이 『대동강』을 창작한 것으로 보인다.

작품에서 인민들의 투쟁 대상은 "미제와 그 주구인 이승만

일당들"이고, 그런 의도대로 작품에는 미국의 야만성과 그들에 대한 인민들의 적개심으로 채워져 있다. 이전의 「승냥이」에서 그려진 바 있는 미국의 야만적 행태들이 이 작품에서는 한층 구체적이고 다양하게 그려진 형국인데, 그중의 하나가 널리 알려진 '신천군 양민학살 사건'이다. 당시 미군은 북한 전역에서 무고한 사람들을 수백 명씩 방공호에 가둔 뒤 불을 질러 죽이는 만행을 저질렀는데, 특히 12월 7일 황해도 신천군 원암리에서는 900여 명을 창고에 가두고 한꺼번에 학살했다고 한다. 신천군에 들어온 미군은 그 이튿날 첩자들과 함께 정무원을 비롯한 농민·노동당원 가족 등 900여 명을 잡아다가 방공호에 넣은 뒤 몸에 휘발유를 뿌려 불을 질렀고, 이렇게 해서 미군이 주둔했던 45일 동안 신천군에서는 전체 인구 14만 2,786명의 약 25퍼센트에 달하는 3만 5,383명이 비극적으로 살해되었다는 것.[84]

이런 사실들을 나열하면서 한설야는 '미제'에 대한 공포와 증오의 이미지를 구축하는데, 특히 미 공군에 대한 증오심은 상상을 초월할 정도로 강렬한 것이었다. 남한을 해방하지 못하고 패퇴를 거듭한 것은 전적으로 공군력의 우세를 앞세운 미군 때문이라고 생각했고, 또 실제로 미군의 공습은 북한사회 전반을 공포로 몰아넣었다. 중공군이 개입한 뒤 전세가 역전되고 수세 국면에 처한 미군은 도중에 워커 장군을 잃자 한층 심한 복수심에 사로잡혔고, 워커의 후임으로 리지웨이 미8군 사령관이 새로 부임한 뒤에는 이른바 '몰살작전'(킬러작전)을 통해 북한 전역을 초토화시키고자 했다. 공군력에서 절대 우위를 차지하고 있었기에 미국은 지상전의 손실을 만회하기 위해서 북한 전역을 무자비하게 폭격했고 지상에서는 군인과 민간인을 가리지 않고 살상하였다. 인민군 점령지역 내에 있는 모든 마을을 적 진영으로 간주해서 무방비 상태에 있던 수많은 마을들을 네이팜탄으로 공격해 순식간에 잿더미를 만들어놓은 것.[85]

그런 상황이었기에 수도인 평양의 경우는 한층 목불인견의 참상을 연출하고 있었다. 작품에서 묘사되고 있듯이, 북한사람들은 모든 시설물들을 지하로 옮겨야 했고, 그마저도 폭격을 피하기에는 역부족이어서 곳곳에서 사상자들이 나뒹굴었다. 작품의 첫 대목에서 미군 비행기가 인민군 고사포에 의해 추락되고 그것을 보고 열광하는 북한사람들의 모습을 제시한 것이나, 주인공인 점순이가 남자로 변장한 뒤 무연탄 운반부가 되어 투쟁대오에 합류한 것은 모두 미군에 대한 적개심에서였다.

아아아! 네통짜리 비二九
꽁지가 똥땅 대가리 똥땅 떨어만진다.

열일곱살 인민군대 고사포수에

부러진 핸들을 거꾸로 잡고 떨어만 진다.[86]

　사실 『대동강』 전편은 미제에 대한 이러한 증오와 복수심
을 서사화한 것이라고 해도 과언이 아니다. 작품 곳곳에 언급
된 미국 비행기에 대한 두려움과 공포, 목숨을 내놓고 투쟁
하는 인민들의 활약상은 바로 이 증오심의 서사화인 것이다.
　이 과정에서 작가는 미군들의 만행이 단지 그들만의 소행
은 아니라 그 앞잡이가 된 남한군과의 협잡에 의한 것이라는
사실에 주목하는데, 특히 관심을 끄는 대목은 미군과 한국군
의 패륜적이고 모리적인 행태들이다. 가령 작중의 한국군
'정훈장교'는 인간적으로나 윤리적으로 악한의 전형으로 제
시된다. 그는 원래 어려서 미국 선교사의 양자 노릇을 했고
그 과정에서 영어를 익혔다. 그러다가 양모인 선교사 부인과
눈이 맞아서 불륜에 빠졌고 그것을 빌미로 미국을 다녀왔다.
영어를 능숙하게 구사했던 관계로 귀국 후 이승만 정권에서
곧바로 정훈장교로 발탁되지만, 나쁜 천성을 버릴 수 없듯이
지위를 이용해서 군수물자를 훔쳐다 팔고 뇌물을 받은 뒤 군
인들을 승급시켜주는 등의 온갖 부정을 자행하였다. 또한 그
는 미군 장교 '해리손'과 함께 군수물자를 빼돌릴 뿐만 아니
라 미군들에게 젊은 처녀들을 공물 바치듯이 공급하는 역할

도 주저하지 않는 인물이다.

작가는 이런 삽화를 통해서 북한의 인민들이 왜 미군과 한국군에 맞서 싸워야 하는가를 보여주고자 한다. 그런 관계로 작품의 중심 서사는 유엔군의 만행에 대한 북한 인민들의 투쟁에 모아지게 된다. 가령 주인공인 점순에게 미군의 만행은 두려움과 공포의 대상이 아니라 오히려 "불타는 적개심과 투쟁심을 심궈 주는" 대상으로 다가온다. 김일성의 지시를 전달하는 역할을 하는 덕준이나, 16세의 어린 노동자로 식민지 시대에는 빨치산에서 연락공작을 담당했던 동수, 작품 초반에는 적과 아군 사이를 오락가락하면서 주저하는 모습을 보이다가 이후 철저한 투사로 변신한 상락, 그리고 문일과 신복 등은 모두 그런 적개심의 소유자들이다. 이들의 영웅적 투쟁상이 작품의 주된 내용을 이루는 관계로 작품은 마치 첩보영화와도 같이 적의 눈을 피해 쫓고 쫓기는 긴박감을 갖는 것이다. 이를테면 작중에서 긍정적으로 제시된 인물들과 미군의 앞잡이인 부정적 인물들은 모두 자신의 신분을 숨기고 상대방의 정보를 캐내고 또 스파이를 색출해서 처벌하는, 마치 정보원의 정탐과 암투를 서사의 근간으로 하는 추리소설의 형식으로 되어 있다.

작품 전체에서 점순을 비롯한 여러 유격대원들의 정신적 지주가 되는 덕준은 첩보전의 귀재와도 같은 인물이다. 그는 작품에서 뚜렷이 형체를 드러내지는 않지만 점순 등의 인물이 힘든 상황에 처하거나 새롭게 방향을 전환해야 할 시점이 되면 돌연 등장해서 행동의 지침을 제시하는 탁월한 능력을 보여준다. 그가 그런 능력을 발휘할 수 있었던 것은 무엇보다도 적에 대한 풍부한 정보를 갖고 있었기 때문이다. 그는 미군과 인민군의 전황을 상세히 알고 있을 뿐만 아니라 향후의 전황을 정확하게 예측하는데, 그것은 "서북청년회니 대한청년단이니 또는 치안대니 하는 반동단체 속에 자신의 프락치를 찌르고" 그들로부터 정보를 획득하고 있었기 때문이다.

작품의 1부에서 제시된 점순과 상락의 일화 역시 첩보영화를 방불케 한다. 미군과 국방군은 평양의 인쇄소를 접수한 뒤 서울에서 파견된 인물들을 통해 공장을 다시 가동하고 한편으론 선무활동을 벌이고 있었다. 그런데 그들만의 힘으로는 공장을 가동하기에 역부족이어서 예전의 노동자들을 적극적으로 포섭하지 않을 수 없었는데, 이 과정에서 포섭된 인물이 상락이다. 그는 과거에는 열성분자였으나 현재는 "원쑤의 손에 넘어간 인물"(미군에게 넘어간 인물)로, 작가는 주인공 점순을 통해서 이 상락을 회개시키고 다시 이전의 열성적인 조직원으로 변화시키고자 한다. 그런 의도대로 점순은 상락에게 접근해서 상락이 자신에 대한 애정이 뒤틀려서 앞잡이로 전락했다는 사실을 간파해내고, 적극적인 설득을 통해 마침내 본래의 모습을 회복시킨다. 미군 앞잡이에서 다시 인민유격대로 변신한 것. 이후 이 둘은 호흡을 맞춰 미군들의 내부 정보를 캐내고 방해공작을 펼치는 등 역공작을 본격적으로 수행하는데, 가령 미군의 선무공작을 방해하기 위해서 판형을 망가뜨리고 글자를 바꿔치기하며, 심지어 주형을 불에 녹여서 신문의 내용을 변조한다. '대한민국 이승만 박사'라는 말을 '대한 망국 개승만 박살'로 바꾼다든지, '만세'를 '망세'로, '하자'를 '마자'로 바꾸는 등 본래의 의도를 정반대로 왜곡해서 선무활동을 방해하는 것. 작품의 1부는 이렇듯 첩보영화와도 같이 숨기고 찾는, 또 속이고 속는 긴박한 일화로 서술되어 빠른 속도감을 보여준다.

이런 특성은 작품의 마지막인 3부에서도 이어진다. 평양 수복 이후의 과정을 다룬 3부는 평양을 배경으로 파괴된 공장을 복구하면서 유격대활동을 본격적으로 벌이는 내용이다. 평양을 내준 뒤 수세에 몰려 패배를 거듭하던 미군이 반격을 개시하면서 맹폭격을 실시한 관계로 이들은 도저히 공장을 가동할 수 없는 처지에 있었다. 그런 상황에서 이들은 고육책으로 공장을 부근 산간으로 소개(疏開)하기로 결정한다. 그런데 공장을 옮기는 과정에서 여러 물품들을 도난당하는 사건이 발생한다. 인쇄기계뿐 아니라 활자를 만드는 바벨과 종이와 활자와 아교 같은 것들이 수시로 없어졌는데, 뜻밖에도 도둑은 밖에 있는 게 아니라 안에 있었다. 혐의자로 포착된 인물은 기석과 식모, 그리고 리(里)위원장 최경천이었다. 리위원장은 매사에 열성 있는 사람처럼 보였고 공장 지배인의 요구에 대해서도 시종일관 성의 있는 태도를 취했지만, 한편으론 공장을 옮기는 과정에서 매우 비협조적인 태도를 보였고 또 자주 술자리를 벌여 일을 방해했던 인물이다. 식모는 그의 소개로 인쇄소에 들어온 인물이었고, 기석은 어린 시절 일본인 철공소에서 잠시 근무한 뒤 인쇄 기계 조수로도 일했던 인물이었다. 그는 야비하고 한량과도 같은 인물이어서 미군에게 붙어서 '치안대'를 조직했던 경력을 갖고 있는데, 동수는 이 기석을 미행해서 그가 식모와 함께 부품을 팔아먹는다는 사실을 알아낸다. 기석은 유부녀인 식모와 내연의 관계를 맺고 있었고, 그들 모두는 '치안대'의 잔당인 리위원장의 조종하에 "이승만을 위해서 일하고 있었다"는 사실을 적발해내는 것이다.

점순이들은 아까와 같이 두 패로 갈라져 그들을 따라가 보았는데 그들은 각각 제 숙소로 돌아가 버렸다.

그들의 이야기에서 반동들의 내막을 어느 정도 포착할 수 있었다. 식모의 남편이 리위원장 집 앞 굴 속에 있는 것, 그 굴 외에 또 딴 굴이 있는 것, 리위원장이 반동들의 조종 아래 그들을 두둔해주고 있으며 기석을 앞으로 벼슬자리 주기로 하고 매수하여 연락 겸 자금 조달을 시키고 있는 것 등을 알 수 있었다.

그러나 그들의 일당이 얼마나 되는지, 무기를 가지고 있는지—이런 것이 아직 미상한데 그렇더라도 굴이 두 군데로 나뉘여 있는 것으로 보아 일당이 적지 않다는 것을 예상할 수 있었고 다음으로 식모 남편이 군대로 간 것이 사실인데 지금 그 굴속에 있는 것으로 보아 도망쳐 온 것임에 틀림없었다.

지배인과 세포 위원장 태민이가 여러 가지로 토의해 보아도 이것은 자기들 손으로 잡을 수 없을 것 같고 그렇다고 다른 좋은 방법도 생각나지 않아서, 우선 면당에 이 사실을 보고하는 동시 그 지시를 받아 행동하는 것이 좋겠다는 결론에 도달하였다. 그래서 이튿날 이른 아침에 세포 위원장 태민은 남몰래 슬며시 빠져서 바로 마을 동쪽 마루턱 넘어 숲 속으로 한 10리 길 들어가 있는 면당으로 찾아 갔다.[87]

이와 같이 이 작품은 유격대원들의 정탐·테러, 그들의 활동을 방해하는 인물들의 공작과 역공작, 색출과 검거의 과정으로 구성되어 있다. 그래서 다른 작품에 비해서 상대적으로 흥미롭고 긴박감 있는 서사를 보여준다.

그런데 흥미로운 것은 이 작품이 발표될 당시 북한사회 내부에서도 이와 비슷한 일들이 진행되었다는 사실이다. 김일성을 중심으로 정권이 재편되는 과정에서 미국에 대한 적개심을 고조시키고 내부적 단결을 도모하기 위해서 반당(反黨)분자나 해당분자, 심지어 과거 이승만 정권에 편승했던 '반동분자'들을 철저하게 색출하고 척결할 필요성이 제기되었다. 겉으로는 충성하는 척하면서도 실제로는 반당행위에 가담하고 있는 인물들을 척결해야만 내부적 단결이 공고해지고, 또 그런 작업을 통해서 김일성을 중심으로 권력을 재편할 수 있었기 때문이다. 1952~53년에 걸쳐 북한 내부에서 대대적으로 단행된 숙청작업은 그런 의도였고, 그 과정에서 특히 남로당 계열에 대한 숙청이 본격화되어 이승엽·박헌영·조일명·임화·김남천·이원조 등이 제거되고 이후 김일성은 확고하게 권력을 틀어쥐게 된다. 작품에서 보이는 정탐과 색출작업 등은 그런 사실을 환기시켜주는 것이다.

미제의 탐정꾼으로 된 리승엽 도당은 북반부에 넘어와 조선민주주의 인민공화국과 조선 인민의 지도적 향도적 력량인 조선 로동당을 내부로부터 파괴할 목적으로 온갖

흉모를 다하여 왔던 것입니다. 놈들은 최후적으로 미제의 군사적 지원 밑에 무장 폭동으로써 공화국 정부를 전복하고 변생된 자본주의 주권을 세우기 위한 준비를 갖추는 동시에 소위 새 정부와 새 당의 수반까지 구성하였던 것입니다. 이와 같은 간첩 파괴 암해 공작을 위하여 문학 예술 분야에 잠입한 림화 도당들은 사회주의 레알리즘의 작품의 출현을 막고 부르죠아적 자연주의 작품들을 전파하기 위한 파괴 공작에 광분하였던 것입니다.[88]

이런 한설야의 주장은 『대동강』에 등장하는 두 부류 인물들이 보이는 정탐과 파괴공작, 그것을 방해하는 역공작, 테러 등의 모습을 자연스럽게 연상시킨다. 『대동강』이 1954년 『조선문학』에 연재되었고, 1955년에 단행본으로 출간된 사실을 염두에 두자면, 1953년 10월호에 수록된 「전국작가예술가대회에서 진술한 한설야 위원장의 보고」에서 행한 한설야의 연설 내용과 이 『대동강』에서 목격되는 서사가 전혀 무관하다고는 볼 수 없을 것이다.

이 작품은 이후 북한 소설의 한 전범이 된 것으로 보인다. 작중의 덕준과 점순의 형상은 북한 소설에서 자주 목격되는 영웅적 인물의 전형이라는 점에서 향후 북한 소설을 예시해 준다. 덕준은 그 실체가 명확하지도 않은 추상화된 인물이지만, 그런데도 항상 정확한 판단력과 과감한 행동력을 소유하고 있어 그의 말 한마디 한마디는 다른 사람들에게 마치 교과서와 같은 역할을 수행한다. 점순을 비롯한 유격대원들이 한 치의 흐트러짐 없이 초지일관 투쟁대오를 유지할 수 있었던 것은 그의 명석한 판단과 지시를 수용한 때문이다. 또한 점순은, 『설봉산』의 순덕과도 같은 인물로 단 한 번의 시행착오를 범하지 않는 완벽한 성격을 갖고 있다. 그녀는 변절자로 전락한 상락의 심리를 꿰뚫고 그를 회개시킬 뿐만 아니라 항상 투쟁대오의 선두에 서는 용기와 투쟁력을 보여준다. 게다가 그녀는 죽음마저도 초월한 인물이다. 가령 토굴 생활을 하던 점순은 미군의 무자비한 폭격으로 토굴이 붕괴되고 전신이 흙 속에 매몰되는 절체절명의 상황에서도 흙을 씹으면서 만 사흘을 버티다가 구조되어 이전보다 훨씬 더 투철한 전사로 거듭난다. 상식적으로 볼 때, 흙 속에 매몰되어 물 한 모금 마시지 않고 아무 상처도 없이 구조된 점이나, 구조된 뒤 미처 건강을 회복하기도 전에 보여준 영웅적 행동은 쉽게 수긍하기 힘들지만, 작가는 그런 인물을 통해서 미제에 대한 투쟁이 어떠해야 하는가를 보여주고자 하는 것이다.

　작품 2부의 중간에서 제시된 유격대 정찰병 '문일'의 일화는 그런 비범함이 한층 극단화된 사례에 해당한다. 그는 적(미군)과 대치하면서 토굴 생활을 하다가 적정을 염탐하기 위해서 적진 깊숙이 침투하는 과정에서 적의 집중사격을 받는다. 그 과정에서 미군의 소이탄을 맞고 온몸에 불이 붙는데, 놀랍게도 그런 상황에서도 그는 자신의 위치를 드러내지 않기 위해 비명을 참는 등 초인적인 모습을 보여준다. 작가의 말대로, 그는 자기의 "목숨을 바쳐 동무를 구했고 그로써 승리를 보장받은" 것이지만, 그것이 과연 현실에서 가능한 일인지는 의문이다. 온몸이 타들어가는 고통과 공포의 순간에 한 마디의 비명도 없이 몸을 고정시킨 채 죽어간다는 것은 생물학적으로 불가능하고 또 그렇듯 철저한 사명감으로 무장된 인물이 과연 있을지도 의문이다. 그런데도 작가는 이 일화를 통해서 자신의 임무를 완수하기 위해서는 목숨까지도 바쳐야 한다는 것을 역설하고 있다. 작중의 인물들은 이렇듯 하나같이 투철한 사명감과 신념으로 무장되어 있을 뿐 아니라 어떠한 개인적 생활이나 감정도 소유하지 않고 있다.

작품 곳곳에서 언급되는 미국에 대한 진술은 이런 작위성의 또 다른 극단을 보여준다. 1부의 중간에서 서술되는 미군 장교 스미쓰와 신문사 사장의 대화를 통해서 작가는 미국의 본질을 다음과 같이 말한다. 즉 "미국의 사명은 인류의 삼분의 이를 소제(掃除)"하는 데 있다는 것, 지구에는 인간쓰레기들이 너무 범람하고 있고 그들을 제거해야만 인류가 평화롭게 살 수 있다는 생각에서 스미쓰는 히틀러의 유대인 학살

마저 정당화하는 발언을 서슴지 않는다. 작가는 이런 내용을 통해서 미국의 야만적 속성과 잔학상을 부각시키고자 하는데, 이는 미국에 대한 주관적 거부감의 극단적인 표현일 뿐 정상적인 생각이라고는 볼 수 없을 것이다.

이외에도 작품 곳곳에서 작위적인 모습이 목격된다. 미군에 대한 적개심의 과도한 표출로 인해 인물들의 성격은 하나같이 동일하고 획일화되어 있다. 주인공인 점순은 시종일관 미국에 대한 증오심에 사로잡혀 미제를 척결하는 데 자신의 모든 삶을 바치고 있고, 덕준이나 동수·상락·문일·태민 등의 성격 역시 미제를 척결하는 것을 삶의 유일한 목표로 삼고 있다. 심지어 잠시 등장하는 노인들 역시 철저한 반미감정의 소유자들이다. 이런 획일적인 성격화로 인해 이들은 개성을 상실하고 단지 작가의 계몽적 의도를 전달하는 대리인의 처지에서 벗어나지 못하는 것이다.

그럼에도 이 작품은 제국주의의 침략적 본성과 야만적 행태에 대한 고발과 그에 대한 저항의 이데올로기를 서사화했다는 점에서 의미를 갖는다. 북한은 아직까지도 전통적인 제국주의론에 입각해서 미국을 규정하고 있는데, 『대동강』은 그런 시각을 장편의 형태로 구체화한 최초의 작품인 셈이다. 그리고 이 작품은 전쟁의 참상과 북한 인민들의 적개심을 사실적으로 포착하여 6·25라는 민족사의 비극을 북한의 시각에서 증언하고 있다. 『취우』가 전쟁기간 중 서울 시민들의 생활상을 증언해준다면, 『대동강』은 평양 인민들의 투쟁을 통해 전쟁기 북한의 참상을 사실적으로 고발하는 기록문학적 의의를 갖고 있는 셈이다.

반종파투쟁과 한설야의 신념

전쟁이 끝나고 사회주의 건설에 박차가 가해졌던 1955년 이후 한설야의 심경이 단적으로 드러난 작품이 1957년에 발표된 단편 「레닌의 초상」과 장편 『설봉산』이다. 이들 소설에서 특히 주목되는 점은 앞의 작품들에서 목격되었던 김일성에 대한 과도한 의미부여가 사라지고 대신 일반민중들이 작품의 중심을 차지한다는 사실이다. 1957년이란 전쟁이 끝나고 김일성을 중심으로 해서 북한의 권력이 재편되는 시점이고, 다른 한편에서는 김일성의 유일체제를 합리화하는 이른바 '주체사상'이 본격적으로 정초되던 때였다. '반종파투쟁'을 통해서 각종 이견들을 제거하는 작업이 본격화되면서 김일성은 거의 신적인 존재로 추앙받기 시작한 것이다.

그런데 「레닌의 초상」에서는 흥미롭게도 그와는 다소 이질적인 내용들이 담겨 있는 것을 목격할 수 있다. 곧 김일성의 위상과 역할을 소련과의 관계 속에서 재정립하려는 의지로, 이를테면 김일성의 항일무장투쟁을 "레닌의 민족주의론을 피침략국의 입장에서 실천한 행동"으로 규정하는 시각이다. 앞에서 언급한 전쟁기의 작품에서는 김일성의 모든 행적이 그의 독자적인 판단과 능력에 의한 것으로 서술되었으나, 여기서는 해방기의 『력사』에서 드러났던 것과 같은, 소련과의 관계선상에서 김일성의 위상을 재조정하고 있다. 김일성의 존재란 어디까지나 국제공산주의운동의 연장선상에서 의미를 갖는다는 것. 이런 사실은 한설야의 숙청을 이해하는 과정에서 중요한 의미를 갖는데, 그것은 전 시기에 비해 김일성에 대한 맹신적 믿음이 완화되고 대신 김일성을 객관적으로 보려는 의도를 담고 있는 까닭이다. 말하자면 한설야는 반종파투쟁을 통해서 진행되는 과거사의 심각한 왜곡에 대해 비판적인 거리를 취하면서 김일성의 존재를 다시금 음미한다. 그래서 『설봉산』을 통해서 국내의 항일운동과 그 주역인 민중들에게 중요한 의미를 부여하는데, 이는 김일성의 항일무장투쟁 외에도 국내에서는 적색농조투쟁이 활발하게 전개되었다는 것, 따라서 그들의 영웅적 투쟁을 소중하게 기억하고 이어받아야 한다는 것을 강조하는 식이다. 그런 관계로 『설봉산』에는 김일성이 거의 등장하지 않고 대신 1930년대 초중반 함경도 일대에서 벌어졌던 적색농민조합투쟁이 중심을 이루는데, 이는 영웅사관에서 벗어나 식민지시대의 민중 중심주의로 시각을 선회한 형국이다. 한설야가 1960년대 들

어서면서 숙청의 비운을 당한 것은 김일성의 항일투쟁만을
혁명전통에 포섭하려는 움직임에 반하는 이런 태도에도 중
요한 원인이 있었던 것이다.

1) 레닌의 민족주의론과 김일성

「레닌의 초상」은 주인공 허영을 통해서 레닌의 존재와 만
주 항일투쟁의 의미를 묻고 있는 작품으로, 1957년 9월 13일
에 완성된 뒤 같은 해 11월 『조선문학』에 발표되었다.

주인공인 허영은 1934년 중학교 5학년 때 독서회 사건으
로 검거되어 혹독한 취조를 받았고, 그것이 원인이 되어 병
을 얻고 각혈까지 하는 상황에 처해 있다. 그런 상태에서 우
연히 감방의 바닥에다 '레닌의 초상'을 새기고 있는 동혁을
발견한다. 동혁은 레닌을 존경해서 스승으로 받들고 있었다.
허영은 진작부터 레닌의 이름을 들어서 알고 있었고 더러 그
의 글을 읽어 보았으나, 자신은 그와는 거리가 먼 존재라고
생각해서 동혁처럼 스승으로 모시는 정도는 아니었다. 그런
동혁을 지켜보면서 허영은 자기 또한 레닌을 스승으로 받아
들여야겠다고 결심하고, 보석으로 풀려난 뒤 적극적인 행동
에 나선다. "병으로 죽기보다는 일하다가 죽는 것이 낫다"는
신념에서 감옥에 구멍을 내고 동지들을 구해내기로 결심한
것. 하지만 계획은 실패로 돌아가고 다시 감옥에 잡혀가는

불행한 신세가 되는데, 허영은 그것을 오히려 "레닌의 초상이 있는 그 속으로 다시 가는 것"이라고 말한다.

이런 내용을 서술하면서 작가는 우선 식민지시대부터 강조했던 '신념'의 문제를 다시금 환기해서 보여준다. 즉 "아름다운 생활의 건설을 위하여 피도 생명도 아끼지 않는" 수감자들을 지켜보면서 "인간에게 있어서 마지막 일은 죽는 일인데 죽음으로도 돌려놓을 수 없는 것은 사람의 신념"이라는 것. 사람이 사람으로 대접받을 수 있는 것은 바로 이 신념 때문이고, 그것을 간직하고 있었기에 주인공을 비롯한 수감자들은 혹독한 고문을 견뎌낼 수 있었다고 한다. 그런데 여기서 수감자들이 간직하고 있는 신념이란 다름 아닌 '레닌의 가르침'이다. 허영의 일화를 통해서 구체화되는 것처럼, 동혁을 비롯한 수감자들은 모두 레닌의 가르침에 충실한 사람들이다. 가령 허영은 감옥에 구멍을 내는 과정에서 일경에게 발각될 위기에 처하자 순간적으로 감방 바닥에 새겨져 있는 '레닌의 초상'을 떠올리고 힘을 얻는다.

허영은 그 놈들이 지나간 뒤 기름병을 호주머니에 넣고 톱을 허리춤에 찌른 채 판장에 매여 달렸다. 마음처럼 가볍게는 넘어가지 못했으나 어쨌든 그리 힘들이지 않고 넘어갈 수 있었다. 그런데 넘어가는 순간 허영의 머리에서는

번개처럼 바로 지금 한 두어 발 앞에 있는 제4 감방 마루
바닥에 그려진 레닌의 초상이 번쩍 머리에 비쳐 왔다.

「레닌은 우리와 함께 있구나, 곤난할 때에도 레닌은 우
리와 함께 있구나.」

허영의 넋은 이렇게 중얼거리며 용기를 불러 주었다. 철
은 가을인데 비는 봄날처럼 소리치며 느리게 내렸다. 은혜
받은 날 같았고 레닌이 주는 은혜 같았다. 허영은 동혁이
가 손으로 가리키던 레닌의 대머리를 문득 생각하였다. 머
리가 엄청나게 커 보였으나 그래도 사람의 머리임에는 틀
림없었다.[89]

작품 후반에서 김일성 유격대의 정치공작대원인 성순이
간수들의 감시를 따돌리고 탈주에 성공했던 것도 결국은 레
닌의 가르침을 행동으로 옮기고자 하는 정신력에서 비롯되
었다. 성순과 감옥의 동료들이 짜고 벌인 연극, 즉 두 동료가
싸움을 벌이고 이를 말리러 온 간수와 실랑이를 하는 사이
성순은 넘어진 변기통을 치우는 척 들고 나가서 탈옥에 성공
한 것인데, 허영은 이 소식을 듣고 그것이 마치 "자기의 신
념에 부어지는 새로운 생명수"와 같다고 생각하고, 병든 몸
을 잘 돌봐서 살아남겠다고 다짐한다. 이렇듯 인물들은 곤경
에 처한 신도가 구세주를 찾듯이 레닌을 절대적인 존경과 신

뢰의 대상으로 받아들이고 있는데, 이는 앞의 『대동강』에서 인물들이 김일성을 떠올리면서 행동의 기준을 삼았던 것과는 사뭇 대비되는 모습이다.

이 작품에서 또 하나 주목할 점은 김일성을 '민족주의'의 실천자로 보는 대목이다. 그것은 민족주의에 대한 레닌의 견해를 빌려서 표현되는데, 레닌에 의하면 민족주의에는 두 종류가 있다. 하나는 침략자의 그것이고 다른 하나는 피침략자의 민족주의다. 그런데 과거 한때는 '민족'이라는 말을 의심하여 그 말을 쓰면 계급이나 그 투쟁을 반대하는 말로 치부하려는 경향이 강했다. 그래서 나라와 민족을 초월해서 그저 '혁명'을 부르짖고 마르크스와 레닌을 부르짖어야만 진정한 '주의자'인 줄 알았으나, 그것은 틀린 생각이고 "좌익 소아병자들이며 종파주의자들의 주장"에 지나지 않는다. 레닌의 말처럼 "침략자를 반대하는 민족주의"는, 과거 우리가 일제에 반대해서 민족적 투쟁을 전개했던 것처럼, 언제나 정당하다는 게 한설야의 생각이다.

그런데 이런 생각은 민족 현실에 대해 둔감했을 뿐만 아니라 민족보다는 노동계급만을 내세웠던 과거 한설야의 모습을 떠올리자면 매우 낯설게 느껴진다. 하지만 거기에는 한설야의 깊은 정치적 의도가 내재되어 있음을 알 수 있다. 한설야의 주장에는 무엇보다 김일성의 위상을 재정립하고자 하는 의도가 내재되어 있다. 즉 레닌의 민족주의론을 소개하는 과정에서 한설야가 김일성을 피침략자의 민족주의를 몸소 실천하는 인물로 암시한 것은 김일성 역시 동혁과 같은 '레닌의 제자'라는 것을 강조하기 위한 전략으로 이해할 수 있기 때문이다.

허영의 눈에서는 쉴 새 없이 인류의 원쑤를 때려부시는 레닌의 나라 사람들의 영웅적인 모습이 주마등처럼 빙빙 떠돌아 갔다.

그리고 바로 가까운 곳에서 버려지고 있는 사무라이들의 더수기를 갈기고 있는 우리 유격대의 씩씩한 모습이 번개처럼 머리 속에서 번쩍번쩍하였다.

「레닌과 레닌의 제자들의 사상은 승리한다. 광명은 서쪽에서도 비쳐 온다. 레닌! 우리는 당신의 길을 지켜 싸우리다.」

허영은 속으로 이렇게 부르짖으면서 영진에게 말하였다.(밑줄—인용자)[90]

이런 견해에 의하자면, 김일성은 레닌의 민족주의론을 충실하게 실천하는, '저항적 민족주의'를 대표하는 인물로 자리매김된다.[91] 레닌이 1917년 러시아 10월혁명의 과정에서 독일의 마르크스주의자 카우츠키의 사회민주주의와 대립하여 마르크스주의를 후진국 러시아에 적용하여 발전시킨 러시아 혁명의 아버지라면, 김일성은 피침략국의 민족주의를 조선의 현실에 적용한 영웅적 인물이 되는 셈이다. 김일성에 대한 이런 시각은 「혈로」에서 언급된 것처럼, 공산당의 국제주의 노선을 조선의 현실에 맞게 적용한 것이라는 생각과 동일한 것으로, 1957년 당시 한설야는 김일성을 마르크스-레닌주의의 연장선상에서 이해하고 있음을 보여준다.

하지만 이런 내용은 소련과 거리를 두면서 김일성을 중심으로 혁명사를 재구성하고 있던 당시 북한의 현실과는 정면으로 위배되는 것이었다. 주지하듯이, 김일성이 '주체'라는 말을 언급한 것은 1955년 12월 28일이었다. 스탈린 사망 이후 소련의 정세 변화는 스탈린 모방주의를 유지했던 김일성에게 독자노선의 필요성을 환기시켰고, 그런 상황에서 김일성은 소련과 중국을 배제한 독자적인 길을 모색하지 않을 수 없는 처지에 놓였다. 북한의 경제적 이해관계나 대외 강대국과의 관계를 감안할 때, 특히 1950년대 말 중소분쟁의 격화와 중국군 철수(1958. 3) 등의 사건은 김일성으로 하여금 자신의 입장을 더욱 고집하게 만들었고, 그 결과 김일성은 1961년 9월 조선노동당 제4차 대회를 계기로 주체성 이론 하에 자신의 경제노선을 본격적으로 추진하게 된다. 김일성이 숙적들을 처단하고 절대권력을 수립하면서 마침내 북한에서는 더 이상 소련군도 중국군도 존재하지 않는 김일성만의 전제적 상황이 조성된 것이다.[92] 이런 현실에서 김일성의 존재를 국제공산주의운동의 전개 과정에서 이해하려는 한설야의 입장이란 시대를 거역하는 것으로 비칠 수밖에 없었을 것이다. 수레바퀴 앞에 선 사마귀와 같은 형국이라고나 할까. 이 작품을 통해서 비판을 당하고 숙청의 비극에 직면한 것은 아니지만, 한설야의 견해 속에는 이미 김일성 유일체제가 고착되는 당대 현실에 대한 비판적 견해가 내재되어 있었던 것이다.

2) 국내의 적색농조와 만주의 항일무장투쟁

김일성에 대한 한설야의 비판적 견해를 보다 구체적인 형태로 보여준 작품이 장편 『설봉산』(1956)이다.

이 작품은 모두 71장으로 구성된 장편소설로, 1930년대 초중반 함경도에서 일어났던 적색농민조합투쟁을 소재로 다루고 있다. 이기영의 『개벽』, 『두만강』 등과 함께 『설봉산』은 북한의 항일혁명문학의 전개 과정에서 1930년대의 항일혁명투쟁을 형상화한 이른바 제3기에 해당하는 작품이다.[93] 북부 동해안을 남북으로 가로지르는 웅장한 설봉산을 배경으로 해서, 그 힘찬 기운을 이어받은 듯한 여러 적색농조원들의 투쟁을 담은 작품으로, 천안을 배경으로 소작인들의 투쟁을 김일성의 항일무장투쟁과 연결시켜 형상화한 이기영의 『두만강』과 함께 북한 현대소설의 쌍벽을 이루는 것으로 평가되고 있다.

『설봉산』은 내용상 크게 두 부분으로 나누어진다. 1장에서 42장까지가 전반부에 해당되고, 그 뒤의 43장 이후가 후반부이다. 전반부에서는 여러 농민들이 등장하여 지주의 횡포에 맞서면서 적색농조의 기틀을 다져가는 내용이고, 후반부는 구속된 자식을 풀어주겠다는 일경의 회유에 넘어가 밀정으로 전락한 어머니와 그에 대한 농조의 징계, 뒤이은 어머니의 자살과 일제의 사건조작 등이 주된 내용을 이룬다. 전반부는 일정한 주인공이 없이 가난한 농민들의 생활상을 다양하게 담아내고 있고, 후반부는 일제의 가혹한 탄압에 맞서 적극적으로 대항하는 순덕과 학철을 중심으로 한 적색노조원들의 투쟁, 그 투쟁을 독려하는 역할을 하는 김일성의 항일무장투쟁에 대한 언술이 중심을 이룬다. 『황혼』의 인물들이 구체적인 전망을 마련하지 못한 채 고립적인 투쟁을 전개했다면, 이 작품에서는 김일성의 활동이 인물들의 사고와 행동을 규율하는 전망으로 작용한다는 점에서 구별된다. 국내 적색농조활동과 김일성의 무장투쟁을 연결한 것은 언급한 대로 북한 정권의 정통성을 항일무장투쟁에서 찾으려는 북한의 정책과 관계되지만, 한설야는 그런 사실보다는 오히려 국내에서도 만주 못지않게 활발한 투쟁이 전개되었다는 것을 강조하고 있다. 작품에서 일제의 음모와 탄압, 그에 맞서는 일반민중들의 투쟁상이 다양하게 소개되는 것은 그런 사실과 관계되고, 그것이 곧 김일성에 대한 비판적 언술에 해당하는 것이다.

『설봉산』에서 무엇보다 눈에 띄는 것은 작중의 인물과 사건이 이전과는 달리 매우 구체적으로 제시된 점이다. 『황혼』이라든가 『청춘기』 등에서는 구체적인 사건보다는 작가의 신념이 여러 인물들을 통해 제시되는 관념성을 보였다면, 『설봉산』에서는 그와는 달리 구체적인 사건과 일화가 작품 전반에 산재되어 나타난다. 게다가 작중의 인물이나 사건은 마치 실제 현실에서 취재된 듯한 사실성을 갖고 있고, 작품의 구성 또한 소작투쟁을 비롯한 농민조합의 여러 활동 사례들을 병렬적으로 나열하여 파노라마와도 같은 입체감을 느끼게 해준다.

작품의 시작과 더불어 제시되는 길남 어머니의 삽화는 가히 농촌 여성들의 수난사라 할 만하다. 길남 어머니는 남편을 잃은 뒤 어린 남매와 함께 화전민 생활을 하다가 날건달과도 같은 칠복의 유혹에 넘어가 그와 재혼하였다. 그런데 칠복이는 결혼 전의 약속과는 달리 매일 술과 노름을 일삼았고 걸핏하면 아내에게 폭행을 가했다. 그런 상황을 더 이상 견딜 수 없게 된 길남 어머니는 여러 가지 방법을 동원하지만 쉽게 해결책을 찾지 못하는데, 그러다가 우연히 그 사연을 알게 된 적색농조원 경덕의 도움을 받아 학대에서 벗어난다는 내용이다. 비록 짧은 삽화에 불과하지만, 폭력과 가난에 시달리는 길남 어머니의 일화는 가부장적 전통 속에서 남편 없이 홀로 살아가는 농촌 여성의 신산스러운 삶을 보여주기에 충분하다.

두 번째 일화는 단오날 경찰의 방해로 축구대회에 참가하지 못하게 된 농조원들이 씨름대회를 열고 농조의 단결과 투쟁의지를 과시한다는 내용이다. 여기서 농조의 응원에 힘입은 최폐단의 활약상이 두드러지는데, 그는 원래 농민들에게 골칫거리였던 날건달이었으나 농조에 가입한 뒤에는 개과천선해서 농민을 괴롭히는 지주나 순사를 응징하는 데 앞장서고 있다. 그와 쌍벽을 이루는 백장군은 씨름으로는 전국을 주름잡는 장사지만 일정한 직업이 없이 여기저기를 부랑하는 한량이다. 결승전에서 이 백장군과 맞붙은 최폐단은 농조원들의 열성적인 응원에 힘입어 마침내 그를 꺾고 상금으로 황소를 받는다. 그런데 최폐단의 목적은 단지 백장군을 꺾는 데 있지 않았고, 그를 농조에 끌어들여 자기처럼 정상적인 생활인으로 변화시키는 데 있었다. 그런 의도에서 최폐단은 백장군을 설득하고 마침내 조합의 땅을 얻어 정착하게 만든다는 내용이다.

다음은 등사기를 훔쳐오는 사건이다. 농조활동을 적극적으로 하기 위해서는 현재 낡아서 거의 못쓰게 된 등사판을 새로 장만할 필요가 있었고, 그런 이유에서 농조원들은 이웃 면사무소에서 등사판 두 대를 훔친다는 내용이다. 또 농조의 배후조종으로 발생한 차용증서 분실사건 역시 매우 사실적인 실감을 갖고 있다. 지주 집의 벽장이나 감실에 넣어둔 차용증이 감쪽같이 없어졌는데, 그것을 훔쳐낸 사람은 다름 아닌 농조의 조종을 받는 그 집안의 자식들이었다. 소작인들은 그 차용증으로 지주에게서 빌린 돈을 탕감받았지만, 지주들은 농조의 횡포가 두려워서 그 내용을 감히 발설하지 못한다는 내용이다. 이외에도 소작료 삼칠제 투쟁, 아이들의 싸움이 지주와 소작인의 싸움으로 비화되고 그것이 계기가 되어 농조를 탄압하기 위한 대대적인 검거선풍이 일어나는 등의 일화가 계속 이어진다.

이렇듯 농조를 둘러싸고 일어나는 여러 사건들이 삽화처럼 제시되어 작품은 마치 농촌의 곤궁함과 함께 가난한 소작인들의 참상을 고발하는 보고서와 같은 모습이다. 실제 현실에서 취재한 듯한 이 일련의 사건을 통해서 작가는 이전처럼 자신의 계몽적 의도를 직설적으로 드러내기보다는 구체적이고 실감나는 형상을 통해서 제시하는 수완을 보여주고 있다.

작품의 후반부에서는 여러 사건들이 나열되는 것이 아니라 하나의 사건이 심층적으로 분석되듯이 서술된다. 모정에 눈이 멀어 일제의 밀정으로 전락한 순덕 어머니의 일화는 양에서뿐만 아니라 세목에서도 앞부분보다 훨씬 치밀하고 구체적이다. 가령 순덕 어머니가 밀정으로 전락하게 된 경위, 이후 그녀의 밀고로 농조 지도자들이 검거되는 과정, 그녀의 밀정행위를 입증하기 위한 다양한 정황 제시, 농조의 사문회의, 어머니의 자살과 그것을 살모사건(殺母事件)으로 조작해서 농조원들을 검거하기 위한 일경의 술책과 고문, 밀정들에 대한 보복과 제거 등이 파노라마처럼 펼쳐져 한 편의 드라마를 보는 듯한 느낌이다. 이 과정에서 순덕 어머니의 깊은 모정과 뒤이은 자살은 매우 사실적이어서 이 작품이 단순한 운동소설이 아니라 인간의 고뇌를 담은 본격문학으로 승화시켜주는 디딤돌[94]이 되고 있다.

사실 순덕 어머니가 외아들인 경덕을 구하기 위해서 밀정인 김상초와 전도사 부인의 농간에 넘어간 것은 어찌 보면 자연스러운 과정으로 이해할 수 있다. 아들에 대한 맹신적인 사랑에 사로잡힌 어머니는 경덕이 검거되자 지나가는 바람소리에도 놀라 아들이 돌아오는가를 살폈고, 또 까치소리가 들리면 노심초사 아들의 귀가를 기다리다가 급기야 경찰서

로 달려가곤 했던 인물이다. 그녀에게 경덕은 자신의 목숨과
도 같은 삶의 유일한 이유이자 목표였다. 그런 어머니의 심
사를 이해하면서 아들을 석방시켜주겠다는 전도부인의 감언
은 유혹적일 수밖에 없었고, 결국 그 말에 넘어가 어머니는
판단력을 상실하고 만 것이다. 자신의 행위가 농조의 핵심
조직원의 구속과 조직의 와해로 이어지리라는 생각을 추호
도 할 수 없었던 어머니는 결국 경찰이 혈안이 되어 찾고 있
던 간부의 소재지를 발설하는 실수를 범하고, 그로 인해 조
합의 핵심 구성원인 덕길이 검거되고 뒤이어 농조는 대대적
인 검거선풍에 휘말린다. 자식을 구하기 위해서 누설한 한
마디가 엄청난 파장을 불러왔고, 그것을 알아차린 어머니 역
시 괴롭지 않을 수 없는 상황에 처한 것이다. 작가는 어머니
의 이러한 행동을 자세하게 서술함으로써 분별력 없는 모성
과 그것을 정탐꾼으로 악용하는 일제의 간교한 탄압정책을
고발하고 있다.

   이 과정에서 또 하나 주목할 대목은 어머니에 대한 순덕의
자상한 배려심이다. 순덕은 어머니가 밀정으로 전락한 사실
을 알고 매우 곤혹스러워하며 어떤 식으로든 어머니를 회개
시키고자 한다. 하지만 어머니는 그런 사실을 완강하게 부인
할 뿐만 아니라 심지어 농조의 사문위원회에서도 끝까지 침
묵으로 일관한다. 이런 어머니를 순덕은 안타까워하지만 한

편으로는 어머니를 이해하고자 하는 깊은 효심을 보여준다. 즉 어머니에게 자백을 강요한다면 어머니는 누구를 믿고 의지하며 살 것인가? 어머니의 과오는 어쩌면 딸인 자신의 불찰에서 비롯된 것인지도 모른다고 생각하는 것이다. 이런 심경을 알아챈 듯이 어머니는 마침내 마음을 열고 자신의 과오를 고백하지만 그 고백은 자식들에 대한 일체의 미련을 끊어버리는, 그리하여 자살이라는 극단의 행동을 예비한 것이라는 점에서 사뭇 비극적이다. 그 다음날 아침 어머니는 우물가의 싸늘한 시체로 변해 있었던 것. 죽음을 통해서 자신의 과오를 징계하고 이후 자식들이 오점 없이 살기를 바라는 간절한 모정을 그런 극단의 행동으로 표현한 것이다. 물론 이런 행동에는 밀정을 용납할 수 없다는 작가의 생각이 은연중에 작용했다고 볼 수도 있다. 그런 사실은 일제의 앞잡이인 김상초와 칠복이를 살해하는 농조의 행동을 통해서도 확인되거니와, 작가는 농조활동을 방해하는 모든 방해자들을 단호하게 처벌함으로써 새로운 시대를 열고자 하는 의지를 강하게 드러내고 있다. 길남 어머니를 괴롭히고 농조를 일경에 고발하는 밀정 칠복이나 전도사라는 미명을 앞세워 자신의 부를 유지하고자 하는 김상초는 농조의 앞길을 가로막는 암초와도 같은 존재들이고, 그런 존재들을 단호하게 엄벌함으로써 작가는 민족해방의 의지를 분명히 하고자 한 것이다.

식민치하의 소설에서 목격되었던 비타협적이고 원칙주의적인 입장이 이런 식으로 반복된 셈이다.

『설봉산』에는 이렇듯 다양하고 구체적인 일화들이 나열되어 여타 소설과는 달리 한층 흥미롭고 박진감이 있다. 더구나 이 일화들은 거의 대부분이 적색농민조합과 관계되는 일제의 탄압과 그에 대한 투쟁을 내용으로 한다는 점에서 작가의 의도 또한 추상적이지 않다. 기존 연구자들이 이 작품이 "한설야의 고향인 함경도라는 공간 속에서 진행되었던 적색농조의 투쟁을 다룸으로써 이전의 소설들에 비해 보다 높은 현실성을 획득했다"고 평가했던 것은 그런 이유라 할 수 있을 것이다.[95]

그런데 흥미롭게도 김일성의 무장투쟁은 거의 언급되지 않거나 암시적으로만 처리되어 있다. 김일성에 대한 언급은 작품의 배경이 되는 성진과 함흥 지방의 적색농조의 성격과 의미를 부여하는 과정에서 잠시 언급되는 정도에 그치고, 그것도 학철과 그 사촌인 학수를 통해서 간접적으로 암시될 뿐이다. 가령 학철과 그의 사촌형인 학수는 김일성의 무장투쟁과 국내의 적색농조를 연결하는 고리 역할을 수행하는 인물이다. 학수의 자세한 활동 사항은 언급되지 않지만, 그는 간도에서 김일성의 무장투쟁을 전해 듣고 그것을 농조에 전달하는 역할을 하며, 학철은 학수를 통해서 김장군의 활약상을 이해하고 민족해방의 전망을 농조활동에 전달해준다. 그래서 그는 농조의 활동 반경을 최대한으로 확장해서 한 걸음이라도 더 국경 가까운 곳으로 이동시키고 "김장군의 무력투쟁과 유기적 연계를 가지려"고 한다. 학철은 감옥에서 나온 경덕에게 압록강 가까운 지대로 가서 농민투쟁을 할 것을 권고하는 인물이다.

"동무가 조직에 관계되어 있는 이상 동무 일은 조직적으로 해명될 것이니 그런 것을 걱정할 필요는 없소. 우리는 이제부터 김장군의 항일투쟁 대열의 한 병사로서 일해야겠소. 소시민적인 바장임은 필요 없다고 생각하오. 우리의 목적은 우리나라에서 일제를 몰아내고 조선 민족을 해방하며 우리나라를 독립국가로 만드는 데 있소. 그런데 우리 매개가 병사로 되지 않고는 이 일을 달성할 수 없소. 참 내 아까부터 이야기하려던 금춘이 말이오. 그애는 벌써 학수 형의 지도에 의하여 김장군 유격대에 들어갔소. 내 알아봤는데 그 애는 우리 조합 야학으로 다닐 때부터 아주 똑똑했다 하오."

"학철 동무, 나도 만주로 가면 어떻겠소?"

"글세 그건 경덕 동무 생각이지요. 나는 이렇게 생각하오. 우리가 하는 일은 비록 적은 것이라 하더라도 혁명사

업이라고…… 그러니 혁명을 위해서 가는데 어느 곳인들
상관 있소. 더욱 조선 혁명의 원곬을 찾아가는 데야……"

"그렇지요. 원곬임에 틀림없소. 나도 결심했소."[96]

이 진술에 비추자면, 김일성의 항일유격대란 국내 혁명운
동을 추동하는 "조선 혁명의 원곬"으로 자리매김되어 있음
을 알 수 있다. 민족의 해방이 투쟁의 궁극적 목표라면, 중요
한 것은 투쟁의 공간이 어디였는가를 떠나서 중요하게 포섭
해야 한다는 것, 김일성의 항일유격대가 혁명의 구심점인 것
은 분명하지만 국내의 항일투쟁 역시 그 못지않게 중요하다
는 것을 말하고 있는 셈이다.

당대 현실에 비추어볼 때 한설야의 이런 생각은 사실적 근
거를 바탕으로 하고 있음을 알 수 있다. 역사서를 참조할 때,
함경도의 적색농조는 만주의 항일유격대와 일정한 연계를
맺고 있었다. 즉 함경남북도 일대에서 적색농조는 만주유격
대와 직·간접적인 연계를 맺으면서 대중투쟁을 전개하였
고, 이에 대해 일본제국주의까지도 "이 지방 주민은 누구라
도 특히 만주에 있어서의 조선인의 무력에 의한 독립운동에
기대를 걸고" 투쟁하게 되었으며 분명히 그것이 "일반 민심
에 중대한 충동을 불러일으켰다"는 것을 인정하고 있었다.[97]
이런 역사적 사실에 비추어볼 때 『설봉산』의 소설적 전망으

로 제시된 항일무장투쟁과 학철의 농조활동의 연계는 구체적 근거를 갖는 셈이다.

작품은 그런 현실적 근거를 바탕으로 진행되는 까닭에 시종일관 낙관적 전망의 지배를 받게 되고, 인물들의 행동 역시 보다 적극적이고 대담한 모습을 보여준다. 물론 이런 점들은 이 작품이 김일성 우상화가 본격화되는 시기에 씌어졌고, 따라서 작품에는 그런 시기의 낙관적 전망이 작용한 때문으로 이해할 수도 있다. 앞에서 언급한 대로, 김일성의 항일무장투쟁은 실제와는 달리 과장된 면이 적지 않았고 또 과도하게 의미 부여된 것이 사실이지만, 한편으론 만주 일대에서 실제로 존재했고 또 "일반 민심에 중대한 충동"을 불러일으켰다는 점에서 국내 농조활동과의 연계는 현실성을 가질 뿐만 아니라 민족운동에 대한 새로운 조망의 시각을 제공하는 것이다. 김윤식이 이 작품을 두고 만주 일대에서 이루어진 민족독립운동을 다루었기에 민족문학의 공백을 메웠다고 평가했던 것은 그런 맥락과 상통하는 셈이다.[98]

이 작품에서 주목되는 또 다른 대목은 이전 작품에서 성격화된 인물들이 거의 반복적으로 등장한다는 점이다. 『황혼』의 두 주인공 여순과 준식, 『대동강』의 점순과 덕준을 연상케 하는 인물이 『설봉산』의 순덕과 학철이다. 이들 작품은 남녀 두 인물이 짝을 이루어 서사를 이끈다는 점에서 한설야

소설의 중요한 특성으로 주목되거니와, 『설봉산』의 학철은 준식과 덕준의 성격을 고스란히 이어받고 있다. 그는 어려서부터 고향인 학동에서 보통학교를 졸업하고 그곳 수리조합의 급사로 일했다. 그의 늙은 부모와 형은 남의 소작인으로 매우 빈한한 처지에 있었다. 그런데 급사로 일하면서 청년들이 지도하는 소년독서회에 참가하게 되고, 거기서 일본어로 된 『자본주의 기교』, 『사회발전사』, 『프롤레타리아 경제학』, 『자본론 해설』, 『유물사관 해설』, 『레닌주의 입문』, 『청년에게 호소함』 같은 서적들을 선배들의 비밀지도 밑에서 공부하였다. 이런 학습을 바탕으로 그는 정열과 실천을 겸비한 운동가로 성장한다. 이 과정에서 그는 자체의 역량이 약하고 일제의 탄압이 심하기 때문에 농조를 광범위한 대중운동으로 전개해야 하고 그러기 위해서는 합법조직과 비합법조직을 배합시켜야 한다는 생각을 갖고 있었다. 더구나 그는 자신의 독자적인 판단을 바탕으로 행동하는 인물이 아니라 김일성의 후광 속에서 마치 그의 분신처럼 활동하는 인물이라는 점에서 거의 완벽한 존재로 그려진다. 김일성의 가르침과 지시가 그의 행동을 규율하는 까닭에 그의 행동에는 한 치의 실수도 없다. 작가의 말대로 그는 "일본 또는 만주 방면에 믿을 만한 줄을 쥐고 있"고, 그 줄에 의해 움직이는 관계로 빈틈이 없고, 작품 전체의 분위기를 낙관적으로 만드는 데 기여한다.

한편, 순덕은 『황혼』의 여순과 『대동강』의 점순에 해당하는 인물이다. 그녀 또한 학철처럼 거의 완벽한 모습으로 등장한다. 농조에서 학습조 일을 맡아서 하는 그녀는 운동의 본질을 이해하고 몸소 실천하는 인물로, 모성에 눈이 먼 어머니를 용서하고 포용하는 효심을 갖고 있을 뿐만 아니라 운동가로서의 원칙 또한 굳게 고수한다. 그녀는 학철을 사랑하지만 적색운동의 대의를 위해서 쉽게 감정에 사로잡히지 않는 냉정한 성격을 갖고 있다. 그런 점에서 학철에 대한 그녀의 사랑은 『황혼』에서 준식에 대한 여순의 사랑을 연상케 한다. 『황혼』에서는 물론 여순과 경재의 사랑에 초점이 모아져 있고 준식과의 관계는 부차적인 것으로 그려져 있지만, 순덕과 학철은 그와는 달리 혁명운동과 사랑을 조화시키고자 한다는 점에서 구별된다.

순덕은 또 자기에게 대한 학철의 심정을 오늘 비로소 알았다. 그러나 순덕은 맹세코 학철에 대한 자기의 심정을 누르고 눌러서 없는 것으로 하리라 다짐하였다.

그것이 진정 학철을 사랑하는 것으로 되겠기 때문이었다. 그러나 이 비장한 결심이 바로 자기의 가슴의 더 깊은 밑창에서 솟아오르는 보다 강렬한 그 무엇의 표현인 것을 순덕은 스스로 의식하지 못하였다. 그러므로 순덕은 한편으로 새 결심을 다지면서도 다른 한편으로서는 자기가 빚어내고 있는 비장한 로맨찌까에 스스로 사로잡히고 있었다.

'사랑하지 못하는 괴롬, 사랑하기 때문에 사랑하지 않는 괴롬—그것은 슬퍼나 아름다운 것이리라. 난 아름다운 것에 살리라.'[99]

자기희생과 절제, 그것을 통한 운동으로의 승화에 두 인물의 사랑이 놓여 있는 셈이다. 이런 사랑과 절제, 그리고 운동에 대한 열정에 사로잡힌 두 인물에 의해 이야기가 진행되는 관계로 작품은 민족운동에 대한 구체적이고 낙관적인 전망을 제시할 수 있었던 것이다. 전망이란 예측 가능성을 말하는 것으로, 작품에서 그것을 가능케 하는 것은 바로 승승장구하는 김장군의 항일무장투쟁이다. 학철은 이 김장군과 정신적인 유대를 갖고 있었던 까닭에 민족해방에 대한 전망을 분명한 형태로 제시했던 것이다.

이외에도 『설봉산』에는 김상초와 같은 악한의 전형 또한 존재한다. 김상초는 총독부의 소위 산농(産農) 지도와 군수 농산 장려 등에 적극적으로 호응해서 부딧골 일대의 자기 산과 밭에 뽕나무와 아마, 아주까리와 귀밀 등을 심는 일에 앞장섰고, 한편으론 그곳 농민들에게 갖은 행패를 부렸다. 그런 김상초에게 대항했던 남진이는 얼마 후 검거되어 학살되는 비극을 맞는다. 김상초는 또한 일가친척과 교인들을 충동질해서 죄 없는 아이들을 마구 구타하고 그것에 항의하러 간 부형들에게 폭행을 가했을 뿐만 아니라, 심지어 그 일에 분개해서 항의하는 군중들을 고발해서 결국 200여 명을 검거시키는 사태마저 야기한다. 자신의 이익을 위해서 이웃과 민족을 팔고 약한 사람들을 학대하는 악한 행동을 일삼았고, 그래서 덕종은 어떻게 해서든지 그를 처단하고자 한 것이다.

『설봉산』은 물론 많은 한계를 갖고 있는 작품이다. 북한사회의, 그것도 건설기의 특수성을 담고 있는 작품이라는 것을 인정하더라도, 이 작품 역시 작가의 계몽적 의도가 과도하게 개입되어 작품의 성취도를 상대적으로 떨어뜨리고 있다. 작품 곳곳에는 화자가 빈번하게 개입해서 해설하고 논평(commentery)을 일삼으며, 또 형체도 분명하지 않은 김장군에 대한 과도한 의미부여를 통해 작품의 전망을 과장되게 만들고 있다. 작가는 개별적인 사건을 통해 자신이 바라는 궁극적이고 보편적인 목표를 관철시키려고 의도한다. 그런 관계로 등장인물들은 자발적으로 사고하고 행동하는 주체가 아니라 피동적인 대상으로 전락하고, 독자들 역시 일방적인 수용의 대상에서 벗어나지 못하게 된다. 인물들은 작품의 무대에 오르기 전에 이미 자신의 현재 상태에 도달해 있어, 임화가 지적했던 것처럼 성격적 변모과정을[100] 전혀 보여주지 못하는 것이다. 『설봉산』이 농촌 현실에서 볼 수 있는 다양한 사건과 일화들을 나열하여 농촌의 실태를 파노라마처럼 보여주었음에도 불구하고 실감의 정도가 상대적으로 제한되어 드러나는 것은 그런 데서 연유한다고 볼 수 있다.

한설야의 숙청과 김일성의 우상화

1962년 한설야는 북한의 공식석상에서 자취를 감춘다. 해방과 함께 김일성의 열렬한 추종자로 변신해 북한문단을 좌우했던 인물이 허망하게 몰락한 것이다. 하지만 그것은 단순히 한 개인의 비극이 아니라 향후 북한사회의 운명을 예고한 것이라는 점에서 중요한 의미를 갖는다.

한설야의 숙청은 여러 가지로 설명될 수 있으나, 근본적인 것은 위의 논의과정에서 유추될 수 있듯이 마르크스주의 원칙론자였던 한설야가 전쟁이 끝난 이후 본격화된 김일성 우상화에 동의하지 않았기 때문으로 볼 수 있다. 김일성 우상화는 정치적인 측면에서뿐만 아니라 문화적인 면에서도 대대적으로 진행되었고, 특히 문학 분야에서 진행된 과거사 왜곡은 한때 그 주역으로 활동했던 한설야에게는 상당한 거부감을 주었던 것으로 보인다.

김일성 우상화는 전쟁이 끝난 뒤 1955년부터 본격화된 이른바 '우리식 사회주의' 건설과정에서 대대적으로 진행되었다. 김일성은 1955년 12월 28일 당 선전선동원대회에서 「사상사업에서 교조주의와 형식주의를 퇴치하고 주체를 확립할 데 대하여」라는 제목의 연설을 통해 다음과 같이 강조한 바 있다. "조선의 혁명을 옳게 수행하기 위하여 소련이나 중국의 경험을 통째로 삼킬 것이 아니라 조선의 특수성에 맞게 적용해야 한다"는 것. 이 연설에서 '주체사상'이라는 말은 사용되지 않았지만, 공식석상에서 처음으로 '주체'라는 말이 등장했다고 한다. 이 시점부터 북한에서는 이른바 '주체'가 선포되고 '김일성 우상화'가 본격화된다. 김일성의 항일무장투쟁 행적을 부각시키고 '소련의 사상 작풍'을 배격하면서 혁명전통을 강화하기에 박차를 가하는데, 이때 발생한 사건이 1956년의 이른바 '8월 종파사건'이다.

즉, 당시 북한은 1957년부터 제1차 경제계획에 착수하기로 결정되어 있었다. 그 계획을 추진하기 위해서는 막대한 자본과 기술이 필요했고 그래서 소련을 비롯한 동유럽 국가들의 원조를 받지 않을 수 없는 상황이었다. 외자를 유치하기 위해서 김일성은 외국 순방 길에 올랐는데, 그 공백을 틈타서 연안파와 소련파가 김일성 축출을 기도한 것이다. 김두봉·최창익 등의 연안파와 박창옥·김승화 등의 소련파가 김일성이 출국한 틈을 이용해 쿠데타를 일으킨 것. 하지만 이 일련의 사태를 사전에 감지하고 있었던 김일성은 서둘러 귀국했고 군대를 동원해서 이들을 제압하였다. 이후 1957년 5월 30일에는 중앙위원회 상무위원회를 열어 「반혁명분자들과의 투쟁을 강화할 데 대하여」란 문건을 채택한 뒤 반종파 투쟁을 더욱 강도 높게 진행했고 눈엣가시와도 같았던 연안파와 소련파 대부분을 제거하였다. 그리고 1958년 3월에 마침내 제1회 당대표자회의를 소집해서 "조선노동당에서 종파가 완전히 청산되었음"을 공식 선언하였다. 이로써 김일성을 비판할 수 있는 세력은 북한에서 일소되고, 김일성 중심의 명실상부한 단일지도체계가 확립되기에 이른다.[101]

한설야의 숙청 역시 이 일련의 과정과 맥을 같이하고 있다. 즉 1959년부터 북한에서는 이른바 '당의 혁명전통'을 수립한다는 차원에서 과거 일제하 민족해방운동사에 대한 대대적인 재검토를 시작했는데, 그 핵심은 "1930년대 국내의 항일 대중운동 특히 농민운동과 노동운동을 국외의 항일무장투쟁과 관련하여 어떻게 볼 것인가" 하는 문제였다. 1950년대 중반부터 북한에서는 이미 1930년대의 국내 대중투쟁도 김일성과 그의 동지들이 벌였던 항일무장투쟁의 영향하에서 이루어졌다고 서술하고 있었지만, 역사가들의 실제 역사서술에서는 양자를 관련짓기보다는 분리해서 보고 있었다. 이런 분리적 경향에 대한 비판이 일기 시작하면서 1930년대 국내의 항일운동은 점차 역사서술에서 사라지고 대신 만주의 항일무장투쟁이 서술의 대부분을 차지하며, 국내의 투쟁도 김일성의 직접적인 지도 밑에서 이루어진 것으로 바뀌게 된다.[102] 이러한 변화는 문학 분야에서도 예외가 아니어서 식민치하 국내의 제반 진보문학 역시 항일혁명문학의 직접적인 영향 아래서 진행된 것으로 이해되었다. 문학예술을 정치적인 교양의 수단으로 인식하고, 반종파투쟁을 통해서 구카프 계열의 문학인들을 제거하면서 항일혁명문학을 중심에 세우고 국내의 제반 진보문학 역시 그 영향 아래 발전한 것으로 규정한 것이다. 그렇지만 이러한 흐름은 식민치하 카프의 중심에서 온몸으로 투쟁했던 한설야가 보기에는 도저히 납득할 수 없는 것이었다.

1960년 8월 24일자 『문학신문』에 발표된 「카프 문학의 빛나는 전통」에는 그런 흐름에 대한 한설야의 비판적 견해가 투사되어 있다. 여기서 한설야는 당에 의해 주도되는 만주에서의 항일문학을 혁명전통으로 삼으려는 흐름에 대해서 강력하게 이의를 제기한다. 자신을 비롯한 카프 출신 문학가들이 걸어온 길을 무화시키지 않겠다는 의지와 함께 갑작스럽게 조직되고 있는 항일혁명문학에 대해서 동의할 수 없다는 생각을 분명하게 표현한 것이다. "항일무장투쟁 행정에서 개화 발전된 혁명적인 문학예술은 이 시기의 카프 문학예술과 함께 해방 전 우리 문학예술의 가장 높은 봉우리를 이루고 있습니다"라는 주장은 일제치하 카프를 몸소 이끌었던 인물로서의 자부심과 아울러 그것의 역사적 의의를 인정해야한다는 강력한 호소였던 것.

카프는 조선 인민의 민족해방운동의 발전과정에서 창건되고 발전하였습니다. 카프는 처음부터 조선의 유일하고 대중적인 진보적 반일 문학예술 단체로서 근로대중과 함께 혁명적으로 전진하고 투쟁하였으며 민족적 해방과 근로 대중의 이해관계를 옹호하며 투쟁하였습니다. 카프의 불요불굴의 전투 정신은 창작에서 공산주의 당성을 구현케 하였으며 이는 우리가 마땅히 계승하고 발전시켜야 할 전통으로 있습니다.[103]

하지만 이러한 주장은 김일성 중심의 주체사상이 정초되는 과정에서 받아들일 수 없는 견해였다. 모든 게 김일성을 중심으로 단일화되면서 그에 반하는 움직임들은 무조건 배척되는 광적인 분위기에 사회 전반이 휩싸여 있었던 것이다.

한설야에 대한 전면적인 공격은 1962년 10월 작가동맹 4분의 3분기 총화회의 석상에서 있었다. '해이 나태한 생활과 안이한 작품' 활동이 문제가 되었는데, 그 빌미가 된 것이 한설야가 월북시인 민병균에게 보낸 편지의 한 구절이었다.

나도 내 자신의 문학을 해야 할 때가 온 것 같다. 배에 기름진 자들을 위해 사는 것은 그만했으면 된 줄로 안다. 때는 늦은 감이 있지만 여생을 나 스스로를 위해 살아 보겠다.[104]

김일성을 위해서 더 이상 충성하지 않겠다는 것, 늦었지만 이제는 자신의 문학을 하고 싶다는 것. 결국 한설야는 1962년 8월 2일자 『문학신문』의 글을 마지막으로 역사의 표면에서 사라진다. 다음해 2월, 한설야는 전 재산을 몰수당하고 자강도의 한 협동농장으로 추방되었다고 한다.

반종파투쟁은 이렇듯 김일성의 정치적 승리로 귀결되었다. 과거사를 정리하고 모든 권력을 장악하면서 무소불위의 철옹성을 구축한 것이다. 그렇지만 그것이 결코 긍정적인 것은 아니어서 한편으로 당 내부의 '정치적 역동성'은 거의 종적을 감추게 된다. 김일성을 중심으로 모든 것이 단일화됨으로써 당 내부에서 활력이 되는 건전한 비판과 다원성까지도 완전히 소멸되는 결과를 불러온 것이다. 비판과 경쟁대상 집단이 소멸됨으로써 북한은 이제 브레이크가 고장난 폭주기관차처럼 일인독재의 외길로 치닫는다. 문학 분야 역시 예외가 아니어서 이후 모든 문학은 김일성을 찬양하고 계승하자는 선전 일색으로 변질되어 사회주의 건설을 위한 초기 북한 문학의 활력이나 과거사에 대한 역사적 접근 등은 모두 지난 시대의 유물로 전락한다.

숙청되기 직전에 발표된 한설야의 다음 시조에는 그런 사태를 예견한 자의 직관과 비장함이 서려 있다.

어짊이 패하고 악함이 이루는 일
있기사 있지마는 사람의 길 아니로다
사람이 하욤은 끝내끝장 한길을 걸음이라.
•「사람」 전문

문학사에서 종적을 감췄던 한설야가 다시 복권되어 문학사에 떠오른 것은 그로부터 30년이 지난 1990년대 초반이었다. 1993년의 『문학예술사전』에는 그동안 전혀 언급되지 않았던 한설야의 『황혼』이 "해방 전 노동계급의 투쟁을 취급한 장편소설"로 새롭게 평가되어 있고, 2000년 『조선문학』 8월호에는 시인 김철이 김정일의 특별지시에 의해 한설야가 복권되었다고 밝히고 있다.

한설야 문학의 의미와 맥락

한설야는 시종일관 마르크스주의적 이념과 목적의식적 역사발전 법칙을 신뢰했던 인물이다. 하지만 불행하게도 그 신념으로 인해 결국은 정치의 제물로 전락하는 비극의 당사자가 되었다. 우리는 그의 삶을 통해 한국 현대문학의 비극적 행로와 함께 문학과 정치, 나아가 문학과 이념의 관계를 다시금 생각하게 된다.

한설야를 특징짓는 요소가 무엇보다 이데올로기적 신념이었다는 것은 그가 누구보다도 강한 정치의식의 소유자라는 것을 말해준다. 그는 정치현실에 자신의 열정을 불태웠고 아이러니하게 그 '정치'의 화마(火魔)에 의해 숙청을 당했지만, 그런데도 평가될 수 있는 것은 스스로가 지켜온 신념과 문학에 충실했다는 데 있을 것이다. 반종파투쟁의 과정에서 대세를 거역할 수 없다는 것을 간파했음에도 불구하고 마르크스주의 원칙론을 토로하고, 절대적 권능을 지닌 김일성을 그 위계 속에 자리매김했다는 것은 어찌 보면 당랑거철과도 같은 무모한 짓일 수밖에 없지만, 그런데도 그는 끝내 자신의 신념을 포기하지 않았다. 자신을 포함한 과거 카프의 행적이 정당하게 평가되기를 원했으므로 소설가이자 평론가로서 투쟁에 앞장섰던 과거의 행적이 전면적으로 부정되는 현실을 침묵으로 방관할 수는 없었던 것이다. 반종파투쟁의 과정에서 「레닌의 초상」을 비롯한 『설봉산』 등으로 김일성의 위상을 새롭게 환기하고 국내의 항일운동에 큰 의미를 부여한 것은 그런 정치적 흐름에 맞서 과거의 진실을 존중하겠다는 신념의 표현이었다. "배에 기름진 자들을 위해 사는 것은 그만했으면 된 줄로 안다. 때는 늦은 감이 있지만 여생을 나 스스로를 위해 살아 보겠다"[105])는 말은 이제는 정치의 미몽에서 깨어나 문학인으로 살겠다는 것, 문학인은 정치가도 아니고 그렇다고 이데올로그도 아니며 단지 작품을 통해서 진실을 말하는 사람일 뿐이라는 것을 시사한다. 만일 한설야가 반종파투쟁의 칼날을 피하기 위해서 김일성의 혁명전통을 정립하는 데 앞장서서 카프의 의의를 스스로 부정했더라면 그는 기껏 밝은 빛을 향해 춤추는 부나방과도 같은 정치꾼의 오명을 벗지 못했을 것이다. 하지만 그는 그런 비굴함을 단호하게 물리치면서 평생토록 견지해온 문학과 신념을 지켰다는 점에서 그 존재가 우뚝할 수밖에 없다.

　　바람은 어이하여 면바로만 치고 오나
　　등 뒤에 지고 가면 걸음도 쉬울 것을
　　사람도 바람도 서로 지려 아니 하네

　　한 평생을 하루 같이 그렁성 살았으니
　　이제사 돌아서서 바람에게 등을 대랴
　　가던 길 나는 좋아 한뿐새로 가노라
　　•「바람을 안고」 1, 2연

　"면바로 치는 바람을 향해, 가던 길을 한 뿐새로 가겠다" 는 다짐, 자신의 운명을 스스로 집약한 경구와도 같은 구절이다. 이 말처럼 한설야는 평등한 사회에 대한 꿈을 간직한 채 한평생 험난한 외길을 걸어왔다고 해도 과언이 아닐 것이다.
　물론 그렇다고 해서 한설야가 보인 이념적 완고함이 작품의 질적 성취를 보장했다고 말하는 것은 아니다. 이념이 확고하면 확고할수록 세상을 이해하는 눈은 그만큼 협소해지고 현실을 사시와 편견으로 바라볼 가능성이 많다. 과거 프로 문학의 전철을 통해서 확인했듯이, 이념적인 경직은 한편으론 현실을 선(先)규정해서 왜곡된 형상을 만들고, 궁극적으로 작품을 현실과 괴리된 추상과 관념의 세계로 유도할 공산이 크다. 한설야가 보여준 이념적 경직성은 현실과 괴리된 도식적인 작품으로 드러난 바 있고, 더구나 그는 상대적으로 강한 정치적 성향을 지녔던 까닭에 작품은 선전과 계몽 담론의 수준을 크게 벗어나지 못한 경우도 많았다. 문학을 정치 행위와 동일시함으로써 어느 순간 문학은 증발되고 대신 그 자리에 선전과 계몽이 들어선 것이고, 작품 역시 작가가 식민지시대부터 견지했던 리얼리즘과는 거리가 먼 맹신적 이데올로기로 채워진 것이다. 특히 해방기에서 전쟁기에 보여준 김일성을 소재로 한 작품은 주체의 측면에서 볼 때 타자에 대한 거리감을 갖지 못한, 마치 유아적 주체와도 같은 모습이다. 하나의 존재가 온전한 주체가 되기 위해서는 타자와의 교호작용을 통해서 자신을 객관화할 때만 가능하지만, 한설야의 경우는 타자와의 관계가 종교적인 신앙심과도 같은 맹신성으로 고착되어 주체를 왜곡한 경우가 많았던 것이다. 그런 점에서 김일성과 한설야의 친소(親疎)관계란, 한편으로 문학과 정치의 상관성을 상징적으로 보여주는 척도라 해도 과언이 아니다. 두 사람의 관계가 가까워지면 가까워질수록 한설야는 사물을 객관화하지 못하고 맹신하는 모습을 보였고, 전쟁 이후 객관적인 시각을 회복해서 사태의 진상을 직시하면 할수록 작품은 한층 리얼리즘적으로 성숙한 모습을 보여주었다. 김일성을 맹신할 당시에 쓴 『력사』가 마치 한 편의 위인전기를 방불케 한다면, 거기서 벗어나 객관화된 시선을 회복한 『대동강』이나 『설봉산』에서는 그와는 달리 식민지시대부터 견지했던 역사주의와 민중주의가 회복되어 상대적으로 높은 리얼리즘적 성취를 보여준다.

오늘날 한설야가 다시 음미되는 또 다른 이유는 그가 남한과 북한의 문학을 아우르는 민족문학의 거시적 지평을 제공해주었다는 데 있다. 민족문학이 당면 시기 민족적 과제를 적극적으로 천착하고 그 모순을 극복하고자 하는 의도를 담고 있다면, 한설야의 작품들은 모두 우리 사회의 특수성을 반영한 민족문학의 소중한 성과로 봐도 무방하다. 식민치하에서 보여준 치열한 탐구정신과 변혁의 열망은 우리 문학사의 대하(大河)에 녹아들어 해방 이후 오늘의 문학에 이어지고 있고, 역사적 사실에 충실해서 과거사를 재현하고자 했던 전쟁 후 북에서 쓰인 작품들은 북한문학사에서 김일성의 항일투쟁을 형상화하는 작품의 원조가 된 것으로 평가된다. 통일문학사가 통일을 향한 지난한 도정에서 당대의 시대적 과제에 충실한 작품들을 대상으로 삼는다면, 식민지시대에서 1950년대까지 보여준 그의 행적은 한국문학의 연속성과 역사성을 담보한 것이라는 점에서 중요하게 평가되어야 할 것이다.

최근 한설야가 복권되고 다시 평가된다는 것은 북한사회가 전후 50년 이상 계속된 전제의 늪에서 벗어나 점차 다양성을 포섭하는 방향으로 나가고 있다는 구체적 증거로 이해된다. 한설야의 복권은 정치와 이데올로기를 뚫고 우뚝 선 문학의 위엄을 새삼 확인시켜주거니와, 그것은 문학은 정치의 시녀도 그렇다고 이데올로기의 메가폰도 아닌 단지 문학일 뿐이라는 진리이다. 한설야가 의미를 갖는 것은 그런 사실을 온몸으로 보여주었다는 데 있을 것이다.

주

1) 윤세평, 「한설야와 그의 문학」, 『현대작가론』 2, 조선작가동맹출판사, 1960, 7쪽, 8쪽.

2) 한설야의 생애는 다음 자료를 바탕으로 재구성하였다. 「나의 이력서―고난기」(한설야, 『조광』, 1938. 10), 「나의 학생시대 행장기」(한설야, 『조광』, 1938. 11), 「이제부터―작가생활의 회고」(한설야, 『박문』, 1939. 9), 「나의 문학 10년기」(한설야, 『문장』, 1940. 2), 자전소설 『탑』, 「나의 인간 수업, 작가 수업」(한설야 외, 『우리시대의 작가수업』, 역락, 2001), 「한설야와 그의 문학」(윤세평), 「한설야의 작가적 행정과 창조적 개성」(안함광, 김재용 엮음, 『안함광선집』 5, 박이정, 1998), 『한국근대 리얼리즘 문학사 연구』(서경석, 태학사, 1998), 『한설야 문학연구』(문영희, 시와시학사, 1996), 『한설야 문학의 재인식』(문학과사상연구회 엮음, 소명출판, 2000), 「한설야의 「열풍」과 북경체험의 의미」(서경석, 『국어국문학』 131호) 등.

3) 한직연은 또한 구한말의 의학자이자 애국투사인 함흥 출신 이제마(李濟馬, 1838~1900)의 제자로, 그의 영향을 깊이 받았다고 한다. 자세한 것은 서경석, 앞의 글 참조.

4) 한설야, 『탑』, 동아출판사, 1995, 18쪽.

5) 윤세평, 앞의 글, 1960, 13쪽, 14쪽 참조.

6) 한설야, 「나의 인간 수업, 작가 수업」, 29쪽.

7) 같은 글, 30쪽, 31쪽.

8) 서경석, 「한설야의 「열풍」과 북경 체험의 의미」, 『국어국문학』 131호, 2002. 9. 30, 499~523쪽. 이 글에서 서경석은 1962년 숙청된 이래 북한문학사에서 종적을 감췄던 한설야가 2001년 2월에서 2002년 1월에 걸쳐 완전히 복권된 사실과 함께 최근 북한 학계의 연구동향을 소개하면서, 한설야의 베이징 체험이 임화 등의 도쿄 유학파 문인들과 구별되는 정치적 입장을 갖게 한 근본요인이라고 주장한다.

9) 한설야, 「나의 인간 수업, 작가 수업」, 43쪽.

10) 호테이 토시히로, 「등단 이전의 한병도」, 문학과사상연구회 엮음, 『한설야 문학의 재인식』, 소명출판, 2000. 등단 이전의 주요 행적은 이 글에 의존하였음을 밝힌다.

11) 백철, 「작가 한설야에게」, 임규찬·한기형 엮음, 『카프비평자료총서』 VIII, 태학사, 1990, 534쪽. 이 글에서 백철이 한설야를 긍정적으로 평가하는 것은 아니다. "선량하고 단순하고 소박하고 우둔한 것이 한데 어우러져 하나의 산도야지의 성격을 이루는 것이었다"는 극언에서 알 수 있듯이 백철은 한설야를 매우 안 좋게 보았다.

12) 호테이 토시히로, 앞의 글, 2000 참조.

13) 한설야, 「이제부터―작가생활의 회고」, 『박문』 12, 박문서관, 1939, 16쪽.

14) 한설야, 「내 문학의 요람」 및 「나의 생명의 연소―나의 문학 십년기」(『문장』 13, 1940. 2) 참조.

15) 한설야는 자신의 작품을 다음과 같이 3기로 분류한다. "제1기

에 속하는 작품은 처녀작 「그날밤」, 「주림」, 「동경」, 「산연」, 「그릇된 동경」, 「평범」, 「홍수」 등이고, 제2기에 속하는 작품은 「과도기」, 「씨름」, 「그 전후」, 「뒷걸음질」, 「전기」, 「절름발이」, 「새벽」, 「치수공사장」, 「추수후」, 「교차선」 등등이고, 제3기에 속하는 작품은 장편 『황혼』, 「태양」, 「딸」, 「강아지」, 「임금」, 「홍수」, 「부역」, 「산촌」, 장편 『청춘기』, 『마음의 향촌』, 「태양은 병들다」 등등(이다)" 「나의 생명의 연소」(나의 문학 십년기) 참조.

16) 문영희, 『한설야 문학 연구』, 시와시학사, 1996, 37쪽.

17) 한설야, 「동경」, 『조선문단』 8호, 1925. 5, 53쪽.

18) 한설야, 「평범」, 『동아일보』, 1926. 2. 16.

19) 이효석, 『노령근해』(露嶺近海), 동지사, 1931.

20) 한설야, 「그릇된 동경」, 『동아일보』, 1927. 2. 8.

21) 한설야, 「이제부터」, 『박문』, 1939. 10, 17쪽.

22) 안함광, 「한설야의 작가적 행정과 창조적 개성」, 김재용 엮음, 『안함광선집』 5, 박이정, 1998, 259쪽.

23) 카프 문학에 대해서는 역사문제연구소, 『카프문학운동 연구』, 역사비평사, 1989 참조.

24) 한설야, 「포석과 민촌과 나」, 『중앙』, 1936. 2(임규찬 · 한기형 엮음, 『카프비평자료총서』 VIII, 태학사, 1990, 525쪽).

25) 한설야, 「무산문예가의 입장에서 김화산군의 허구문예론」, 임규찬 · 한기형 엮음, 앞의 책, III, 1990, 135쪽.

26) 같은 글.

27) 한설야, 「사실주의 비판」, 임규찬 · 한기형 엮음, 앞의 책, 1990, 283~289쪽 참조.

28) 한설야, 「계급문학에 관하여」, 『동아일보』, 1926. 10. 25.

29) 한설야, 「정열의 시인 포석 조명희」, 『포석 조명희 선집』, 소련

과학원 동방도서출판사, 1959, 547쪽, 548쪽.

30) 한설야, 「인조폭포」, 『조선지광』 76, 1928. 2.

31) 임화, 「소설문학 20년」, 『동아일보』, 1940. 4. 20.

32) 한설야, 「과도기」, 『조선지광』, 1929. 4, 177쪽.

33) 카프 1차 검속은 조선공산당협의회사건과 연루되어 1931년 8월에 일어났다. 도쿄에서 발행된 『무산자』의 국내 배포와 영화 「지하촌」(地下村) 사건으로 김남천 등 11명의 동맹원이 체포되어 카프의 조직활동이 크게 위축되었다. 이런 와중에 예술대중화나 농민문학론을 둘러싼 논쟁이 벌어지고 프롤레타리아 리얼리즘론과 유물변증법적 창작방법론이 제기되었다. 송영 · 이기영 · 한설야 · 김남천 · 이북명 · 임화 · 권환 등이 정치적 색채가 강한 작품들을 창작하였다.

34) 김윤식, 『한국근대문예비평사 연구』, 일지사, 1984, 202쪽, 203쪽.

35) 이상갑, 「1930년대 후반기 창작방법론 연구」, 고려대 박사학위논문, 1994.

36) 김윤식, 「한설야, 생리적 대결의식」, 『임화 연구』, 문학사상사, 1989; 서경석, 『한국 근대리얼리즘문학사연구』, 태학사, 1998; 장상길, 「한설야소설연구」, 서울대 석사학위논문, 1990; 김철, 「황혼과 여명」, 『황혼』, 풀빛, 1989; 이선영, 「『황혼』의 소망과 리얼리즘」, 『한설야 문학의 재인식』, 소명출판, 2000.

37) 한설야, 「본지에 빛날 신장편소설 '황혼'」, 『조선일보』, 1936. 1. 28.

38) 장상길, 앞의 글, 1990; 이선영, 앞의 글, 2000 참조.

39) 한설야, 『황혼』, 영창서관, 1940, 392쪽.

40) 같은 책, 614쪽, 615쪽.

41) F. Jameson, *The Political Unconscious* (*Narrative as a socially symbolic Act*), Cornell Univ. press, 1981.

42) 한설야, 『황혼』, 영창서관, 1940, 556쪽, 557쪽.

43) 한설야, 「머리에 쓴 일기」, 『조선일보』, 1936. 1. 25.

44) 한설야, 「홍수」, 『조선문학』, 1936. 5, 77쪽.

45) 한설야, 「철도교차점」, 『조광』, 1936. 6, 171쪽.

46) 한설야, 「귀향」, 『야담』, 1939. 5, 144쪽.

47) 한설야, 「종두」, 『문장』, 1939. 8, 35쪽.

48) 임화, 『문학의 논리』, 학예사, 1938, 567쪽.

49) 한설야, 『청춘기』, 『동아일보』, 1937. 8. 20.

50) 문영희, 앞의 책, 1996, 145~8쪽 참조.

51) 당시 만주의 무장투쟁, 특히 김일성의 활동에 대해서는 스칼라피노·이정식, 한홍구 옮김, 『한국 공산주의 운동사』1, 돌베개, 1986, 3장 참조.

52) 한설야, 『한설야 선집』14, 278쪽.

53) 김재용, 『분단구조와 북한문학』, 소명출판, 2000, 97쪽, 98쪽.

54) 하정일, 『한설야 문학의 재인식』, 소명출판, 2000, 78쪽.

55) 김윤식, 「한설야의 자부심의 근거」, 『한겨레신문』, 2006. 2. 17.

56) 안함광, 「한설야의 작가적 행정과 창조적 개성」, 김재용 엮음, 『안함광선집』5, 박이정, 1998, 254쪽.

57) 한설야, 「10년」, 『조선문학』, 조선작가동맹출판사, 1955. 8, 76쪽. 띄어쓰기 및 표기는 남한의 어법에 맞게 인용자가 조정하였음.

58) 같은 글 참조.

59) 한설야 문학과 함흥에 대해서는 김재영의 「한설야 문학과 함흥」, 『한설야 문학의 재인식』, 소명출판, 2000 참조.

60) 안함광 역시 해방 후의 작품을 다음과 같이 유형화한 바 있다.

"30년대의 혁명 전통의 형상에 바쳐진 작품으로 「혈로」, 「개선」, 「아동혁명단」, 「만경대」, 『력사』 등을 썼으며 조쏘 친선의 주제의 작품으로는 「모자」, 「얼굴」, 「남매」, 「기적」 기타를 썼다. 노동자들의 생활을 취재한 작품으로는 「탄갱촌」을 썼으며 농촌생활에서 취재한 작품으로는 「자라는 마을」, 「연합운동회」 등을 썼으며 미제의 만행 폭로의 주제로서는 「승냥이」 기타를 썼다. 조국의 평화적 통일의 주제로서는 「길은 하나이다」를 썼으며 조선 인민의 불패성과 인민 무력의 영웅성을 취급한 작품으로는 『대동강』, 「형제」 등과 「초소에서」, 「격침」, 「섬멸」, 「하늘의 용사」, 「전별」, 「황초령」, 「어떤 날의 일기」, 「땅크 214호」 등을 썼으며 조선인민의 민족해방투쟁을 취재한 작품으로는 『설봉산』을 썼다." 안함광, 앞의 글, 1998, 272쪽, 273쪽.

61) 그런데 작품에 나타난 김일성의 형상에 주목한다는 것은 김일성의 실제 역사 행적에 대한 고찰을 전제하지 않을 수 없다는 점에서, 아직도 김일성의 실체가 엄밀하게 확인되지 않은 현실을 고려할 때 문학연구에서 언급하기에 적절하지 않을지도 모른다. 실제로 한국현대사에 실재했던 인물 가운데 그 경력이 과장되거나 왜곡되고 심지어 과거 전체를 송두리째 의심받고 있는 사람은 김일성 외에는 거의 없다고 한다. 북한의 김일성은 만주에서 항일 유격투쟁을 전개한 전설적인 영웅 김일성 장군의 이름을 도용한, 해방 직후 소련에서 들어온 가짜라는 믿음 역시 아직도 만만찮게 존재하고 있다. 그런 까닭에 이 글에서 김일성의 행적에 대해서는 가급적 반공주의와는 거리를 두고 있는 비교적 최근의 연구물과 미국과 일본 연구자들의 글에 의존하고자 한다. 북한의 현대사와 김일성의 행적에 대해서는 『한

국 공산주의 운동사』1을 비롯해서 다음 책들을 주로 참고하였다. 이종석, 「김일성의 소위 '항일유격투쟁'의 허와 실」, 『한국사 시민강좌』21집, 일조각, 1997: 브루스 커밍스, 김자동 옮김, 『한국전쟁의 기원』, 일월서각, 1986: 김정배, 『미국과 냉전의 기원』, 혜안, 2001: 박세길, 『다시 쓰는 한국현대사』1~3, 돌베개, 2003: 고태우, 『북한현대사 101장면』, 가람기획, 2001: 임영태, 『북한 50년사』1, 들녘, 1999: 찰스 암스트롱, 김연철 외 옮김, 『북조선탄생』, 서해문집, 2006 등. 기타 서적은 필요한 경우 각주로 언급할 것이다.

62) 문영희, 앞의 책, 1996, V장 참조.

63) 여기에 대한 자세한 사항은 임영태, 앞의 책, 1999, 63~70쪽 참조.

64) 김재용, 앞의 책, 2000, 99쪽.

65) 스칼라피노 · 이정식, 앞의 책, 1986, 271쪽.

66) 한설야, 『영웅 김일성 장군』, 부산: 고려문화사, 1947. 5, 2쪽.

67) 신복룡, 『한국분단사연구』, 한울아카데미, 2001, 426~9쪽.

68) 한설야, 「혈로」, 『한설야선집』8(단편집), 조선작가동맹출판사, 1960, 29쪽, 30쪽. 인용한 부분이 전기인 『영웅 김일성 장군』에서는 다음과 같이 서술되어 있다. "김장군은 실로 군사적 무장 전에 이미 사상적 무장을 먼저 한 것이다. (……) 김장군은 1935년에 이르러 운동을 동만지대에 국한시킬 때가 아니라 전 만주로, 국경으로, 압록강안(岸)으로, 장백산 밑으로, 조선 내지로, 무장을 뻐처야 할 것을 결의하였다. 때마침 디미뜨로브가 제기한 인민전선 결성에 대한 모쓰크바 국제당 제7차대회의 결정에 의하여, 김장군은 만주에서의 반일본제국주의 세력을 총결집하고 조선혁명군의 정치조직으로서 조국광복회를 조직하

여 전만(全滿)에 지부를 두고도 국내, 즉 함남북의 요지인 혜
산 · 갑산 · 성진 · 길주 · 명천 · 회령 · 온성 · 경성 · 경흥 · 무
산 · 부령 등지에까지 지하조직의 뿌리를 박게 되었다." 한설야,
『영웅 김일성 장군』, 21쪽, 22쪽 참조.

69) 스칼라피노 · 이정식, 앞의 책, 1986, 284~293쪽.

70) 한설야, 「10년」, 『조선문학』, 1955. 8, 76쪽.

71) 한설야, 「해방전후」, 『한설야선집』 14, 조선작가동맹출판사,
1960, 189쪽.

72) 김윤식, 「1946~1960년대 북한문학의 세 가지 직접성」, 『한국
현대 현실주의소설 연구』, 문학과지성사, 1990, 280쪽.

73) 한설야, 「남매」, 『한설야선집』 8, 174쪽.

74) 민중운동사연구회, 『해방후 한국변혁운동사』, 녹진, 1990,
415~432쪽.

75) 김일성, 「축하문—1954년 새해를 맞이하여 인민군 전체 장병
들에게」, 『조선문학』, 조선작가동맹출판사, 1954. 1, 2쪽.

76) 한설야, 「전진하는 조선문학」, 『조선문학』, 1955. 8, 111쪽.

77) 스칼라피노 · 이정식, 앞의 책, 1986, 제3장 「6. 김일성의 등장」
참조.

78) 같은 책, 290쪽.

79) 작품 『력사』에서 언급된 10대 강령과 스칼라피노가 소개한 10대
강령은 내용상 거의 일치하지만, 언급한 대로 국제공산주의운
동의 일환이었다는 사실이 작품에서는 무시되거나 외면된 채
서술되어 있다. 10대 강령은 『력사』의 89쪽, 90쪽과 『한국 공산
주의 운동사』 1의 287~291쪽을 참조할 수 있다.
『력사』에 제시된 내용은 다음과 같다. "일. 일제를 물리치고 인
민의 정부를 수립할 것. 이. 조중 인민의 친밀한 연합으로써 일

본 및 그 주구, '만주국'을 전복하고 각각 자기가 선거한 혁명정부를 창설할 것. 삼. 인민군대를 창설할 것. 사. 토지를 개혁하며 산업을 국유화할 것. 오. 인민들의 농업·상업·공업을 자유로 발전시킬 것. 육. 언론·출판·결사·집회의 자유를 보장할 것. 칠. 인민들의 평등권과 남녀평등권을 확립할 것. 팔. 인민교육제도를 창설할 것. 구. 8시간 노동제와 노동 법령을 확립할 것. 십. 국제간의 친선을 유지할 것."

『한국 공산주의 운동사』 1에 제시된 내용은 다음과 같다. "1. 조선민족의 총동원으로 광범한 반일통일전선을 실현함으로써 강도 일본제국주의의 통치를 전복시키고 진정한 조선인민정부를 수립할 것. 2. 조중민족의 친밀한 연합으로써 일본 및 그 주구 '만주국'을 전복하고, 중국인민들이 자기가 선거한 혁명정부를 창설하여 중국영토 내에 거주하는 조선인의 진정한 자치를 실행할 것. 3. 일본군대·헌병·경찰 및 그 주구의 무장을 해제하고 조선의 독립을 위하여 진정하게 싸울 수 있는 혁명군대를 조직할 것. 4. 일본국가 및 일본인 소유의 전체 기업소·철도·은행·선박·농장·수리기관과 매국적 친일분자의 모든 재산과 토지를 몰수하여 독립운동의 경비에 충당하며 일부분으로는 빈곤한 인민을 구제할 것. 5. 일본 및 그 주구들의 인민에 대한 채권, 각종의 세금, 전매제도를 취소하고 대중생활을 개선하며 민족적 산업을 장애없이 발전시킬 것. 6. 언론·출판·집회·결사의 자유를 전취하고 왜놈의 공포정책 실현과 봉건사상 장려를 반대하며 일체 정치범을 석방할 것. 7. 양반·상민 기타의 불평등을 배제하고 남녀·민족·종교 등 차별없는 인류적 평등과 부녀의 사회상 대우를 제고하고 여자의 인격을 존중할 것. 8. 노예노동과 노예교육의 철폐, 강제적 군사복무 및 청소년에

대한 군사교육을 반대하며 우리말과 글로써 교육하며 의무적인
면비(免費)교육을 실시할 것. 9. 8시간 노동제의 실시, 노동조
건의 개선, 임금의 인상, 노동법안의 확정, 국가기관으로부터
각종 노동자의 보험법을 실시하며, 실업하고 있는 근로대중을
구제할 것. 10. 조선민족에 대하여 평등적으로 대우하는 민족
및 국가와 친밀히 연합하며 우리 민족해방운동에 대하여 선의
와 중립을 표시하는 나라 및 민족과 동지적 친선을 유지할 것."

80) 한설야, 「전국작가예술가대회에서 진술한 한설야 위원장의 보
고」, 『조선문학』, 1953. 10, 127쪽.

81) 김윤식, 「우리 현대문학사의 연속성」, 『한국현대 현실주의소설
연구』, 문학과지성사, 1990. 12.

82) 한설야, 『대동강』, 조선작가동맹출판사, 1955, 97쪽.

83) 한설야, 「전국작가예술가대회에서 진술한 한설야 위원장의 보
고」, 126쪽.

84) 작품에서 언급된 내용은 실제 역사 사실과 거의 부합한다. 신천
군을 비롯한 미군의 양민학살에 대해서는 박세길, 『다시 쓰는
한국현대사』 1, 돌베개, 2003년판, 2부 4장 참조.

85) 박세길, 앞의 책, 2003, 2부 4장.

86) 한설야, 『대동강』, 3쪽.

87) 한설야, 『대동강』, 352쪽, 353쪽.

88) 한설야, 「전국작가예술가대회에서 진술한 한설야 위원장의 보
고」, 121쪽.

89) 한설야, 「레닌의 초상」, 『한설야선집』 8, 611쪽, 612쪽.

90) 한설야, 「레닌의 초상」, 639쪽.

91) 한설야의 민족주의적 특성에 대해서는 김재용, 「냉전적 분단구
조하 한설야 문학의 민족의식과 비타협성」, 『분단구조와 북한

문학』 참조.

92) 서대숙 · 서주석 옮김, 『북한의 지도자 김일성』, 청계연구소, 1989, 120~140쪽.

93) 북한의 항일혁명문학의 전개과정에서 한설야의 『설봉산』은 제 3기에 해당하는 작품이다. 즉 첫 시기의 항일혁명문학은 1926 년 10월에서 1931년 12월까지를 말하고, 이는 김일성이 타도 제국주의동맹 조직부터 명월구 회의 때까지인데 이때에 「꽃 파는 처녀」, 「성황당」 등의 작품이 나왔다. 제2기는 그 뒤부터 8·15까지로, '항일무장투쟁시기 혁명문학'으로 부르는데 「피 바다」 「한 자위단원의 운명」 등 많은 작품이 산출되었다. 제3 기는 8·15 이후 1960년대까지로 이 시기는 전문 문학인에 의 하여 1930년대의 항일혁명투쟁이 소재와 주제로 쓰여졌던 때 이다. 한설야의 『대동강』, 『력사』, 『설봉산』이나 이기영의 『개 벽』, 『땅』, 『두만강』 등이 이 시기의 산물이다. 임헌영, 「북한의 항일혁명문학」, 『북한의 문학』, 을유문화사, 1989, 145쪽.

94) 임헌영, 「치열한 농민운동의 증언」, 『설봉산』, 동광출판사, 1989, 410쪽.

95) 김윤식, 「한설야론」, 『한국현대현실주의문학 연구』, 문학과 지 성사, 1990 ; 임헌영, 같은 글.

96) 임헌영, 같은 글, 403쪽.

97) 이재화, 『한국근현대민족해방운동사』, 백산서당, 1988, 181 쪽, 182쪽.

98) 김윤식, 앞의 글, 1990 참조.

99) 임헌영, 앞의 책, 1989, 311쪽.

100) 임화, 「한설야론」, 1938. 2 참조.

101) 여기에 대한 자세한 것은 고태우, 앞의 책, 2001 ; 신복룡, 앞

의 책, 2001 ; 임영태, 앞의 책, 1999 등을 참조하였다.

102) 한설야의 숙청 과정에 대해서는 김재용, 『분단구조와 북한문학』, 122쪽, 123쪽에 의존하였다.

103) 『문학신문』, 1960. 8. 24.

104) 한국비평문학회, 『혁명전통의 부산물―납·월북 문인 그후』, 신원문화사, 1989, 332쪽.

105) 같은 곳.

참고문헌

강진호, 『현대소설사와 근대성의 아포리아』, 소명출판, 2004.

고태우, 『북한현대사 101장면』, 가람기획, 2001.

과학백과사전출판사 엮음, 『문학예술사전』 하, 평양: 과학백과사전
　　출판사, 1993.

권영민, 『해방직후 민족운동론 연구』, 서울대학교출판부, 1986.

김동환, 「1930년대 한국장편소설연구」, 서울대 박사학위논문,
　　1992.

김성수 엮음, 『우리 문학과 사회주의 리얼리즘 논쟁』, 사계절출판
　　사, 1992.

김승환, 『해방공간의 현실주의 문학연구』, 일지사, 1991.

김영민, 『한국문학비평논쟁사』, 한길사, 1992.

김윤식, 「한설야, 생리적 대결의식」, 『임화연구』, 문학사상사, 1989.

＿＿＿, 「한설야론」, 『한국 현대 현실주의 문학연구』, 문학과지성
　　사, 1990.

＿＿＿, 「한설야의 자부심의 근거」, 『한겨레』, 2006. 2.17.

＿＿＿, 『한국 근대문예비평사 연구』, 일지사, 1976.

＿＿＿ · 정호웅, 『한국리얼리즘 소설연구』, 문학과비평사, 1992.

김재용, 『북한문학의 역사적 이해』, 문학과지성사, 1994.

_____, 『분단구조와 북한문학』, 소명출판, 2000.

김정배, 『미국과 냉전의 기원』, 혜안, 2001.

김창순 · 김준엽, 『공산주의 운동사』 1∼5, 청계연구소, 1986.

김 철, 「황혼과 여명」, 『황혼』, 풀빛, 1989.

류만 외, 『조선문학사』, 사회과학출판사, 1992.

리효원 외, 『『고향』과 『황혼』에 대하여』, 조선작가동맹출판사, 1958.

문영희, 『한설야 문학 연구』, 시와시학사, 1996.

문학과사상연구회 엮음, 『한설야 문학의 재인식』, 소명출판, 2000.

민중운동사연구회, 『해방후 한국 변혁운동사』, 녹진, 1990.

박세길, 『다시 쓰는 한국현대사』 1∼3, 돌베개, 2003.

백 철, 「작가 한설야에게」, 임규찬 엮음, 『카프 비평자료 총서』 Ⅷ, 태학사, 1990.

브루스 커밍스, 김자동 옮김, 『한국전쟁의 기원』, 일월서각, 1986.

서경석, 『한국근대 리얼리즘 문학사 연구』, 태학사, 1998.

서대숙 · 서주석 옮김, 『북한의 지도자 김일성』, 청계연구소, 1989.

손종업, 「식민도시 "신경"을 둘러싼 탈식민적 서사들」, 『우리문학연구』 20, 우리문학회, 2006. 8.

송건호 외, 『해방전후사의 인식』 1∼5, 한길사, 1989.

송하춘, 『탐구로서의 소설독법』, 고려대학교출판부, 1996.

스칼라피노 · 이정식, 한홍구 옮김, 『한국 공산주의 운동사』 1, 돌베개, 1986.

신복룡, 『한국분단사연구』, 한울아카데미, 2001.

신형기, 『해방직후의 문학운동론』, 제3문학사, 1989.

안함광, 「한설야의 작가적 행정과 창조적 개성」, 김재용 엮음, 『안함광선집』 5, 박이정, 1998.

엄호석, 「한설야의 문학과 『황혼』」, 『조선문학』, 1955. 11.

역사문제연구소, 『카프문학운동연구』, 역사비평사, 1989.

오현주, 「민족해방 주체세력의 문학적 형상화」, 임헌영 외, 『변혁주체와 한국문학』, 역사비평사, 1990.

유임하 외, 『북한소설의 역사적 이해』, 두남, 2001.

윤세평, 「한설야와 그의 문학」, 『현대작가론』 2, 조선작가동맹출판사, 1960.

이기봉, 『북의 문학과 예술인』, 사사연, 1986.

이상갑, 「1930년대 후반기 창작방법론 연구」, 고려대 박사학위논문, 1994.

이재화, 『한국근현대민족해방운동사』, 백산서당, 1988.

이종석, 「김일성의 소위 '항일유격투쟁'의 허와 실」, 『한국사시민강좌』 21집, 일조각, 1997.

임규찬·한기형 엮음, 『카프비평자료총서』 VIII, 태학사, 1990.

임영태, 『북한 50년사』 1, 들녘, 1999.

임종국, 『친일문학론』, 평화출판사, 1986.

임헌영, 「치열한 농민운동의 증언」, 『설봉산』, 동광출판사, 1989.

임   화, 『문학의 논리』, 학예사, 1940.

장석홍, 『한설야 소설 연구』, 박이정, 1997.

조수웅, 『한설야 소설의 변모양상』, 국학자료원, 1999.

최동호 엮음, 『남북한 현대문학사』, 나남출판, 1995.

※ 생애 연보와 작품목록은 문학과사상연구회 편의 『한설야 문학의 재인식』(소명출판, 2000)을 기본으로 해서, 서경석의 『한설야』(건국대학교출판부, 1996), 문영희의 『한설야 문학 연구』(시와시학사, 1996), 동아출판사의 『탑』과 『황혼』의 연보를 참조해서 만들었다.

한설야 연보

1900년(1세)	8월 3일, 함경남도 함흥군 주서면 하구리 503번지 출생.
1906년(7세)	함남 함흥군 고립보통학교 입학.
1918년(19세)	서울의 경기고등학교 입학. 박헌영과 동기 동창으로 친교. 서모와 불화로 함흥고보로 전학.
1919년(20세)	함흥고보 졸업 후 함흥법전 입학. 1919년 동맹휴교 사건으로 제적, 베이징의 익지 영어학교에서 사회과학을 공부함.
1920년(21세)	겨울, 귀국.
1921년(22세)	북청 학습강습소 교사. 봄, 도쿄로 유학, 니혼대학 사회학과에 학적을 둠. 여름, 첫 장편 『선구자』를 『조선일보』 편집국장이던 이광수에게 보냄.
1923년(24세)	도쿄 대지진, 니혼대학 휴학 후 가을에 귀국.
1925년(26세)	이광수와 최서해의 추천으로 『조선문단』에 「그날 밤」 발표.
1926년(27세)	봄, 부친 타계. 중국 동북지방 무순 이주.
1927년(28세)	1월, 귀국 후 카프 재조직에 참가.

1928년(29세)	함흥에서 『조선일보』 지국 경영.
1929년(30세)	「과도기」를 『조선지광』에 발표.
1930년(31세)	조선지광사 입사, 『신계단』 편집.
1932년(33세)	조선일보사 입사, 『조선일보』 함남 특파원 및 본사의 학예부장 역임. 사내 갈등으로 퇴사.
1934년(35세)	카프 총검거로 전주감옥에서 영어 생활.
1935년(36세)	12월, 집행유예, 함흥으로 낙향.
1936년(37세)	장편소설 『황혼』을 『조선일보』에 연재.
1938년(39세)	동명극장 지배인, 인쇄소 경영.
1940년(41세)	임화·김남천·안막 등과 함께 '조선문인보국회' 가담.
1942년(43세)	『탑』의 속편인 장편 『열풍』 초고 완성.
1943년(44세)	6월, 함흥에서 비밀결사 참가.
	7월, 함흥에서 문석준과 관련하여 보안법 위반으로 투옥.
1944년(45세)	5월, 감옥에서 풀려남.
1945년(46세)	『탑』의 속편 장편 『해바라기』를 창작하던 중 해방을 맞음. 함흥 및 함남 예맹 조직.
	12월 10일, 분열된 문학계의 통합 논의를 위해 상경.
1946년(47세)	2월, 북조선임시인민위원회 함경도 대표로 평양에 참가. 북조선예술총동맹 창립에 관여.
	5월, 『정로』에 『김일성 장군 인상기』 연재.
	9월, 중국 동북지역의 항일무장투쟁 전적지 답사, 1,000매에 이르는 『김일성 장군 전기』 집필.
	10월, 『노동신문』에 『영웅 김일성 장군』 연재.
1947년(48세)	2월, 북조선인민위원회 교육국장.

	7~9월, 소련 여행. 북조선인민회의 대의원.
1948년(49세)	12월, 『쏘련여행기』(교육성) 발간. 최고인민회의 대의원 피선.
1949년(50세)	4월, '평화옹호세계대회' 참석차 파리 방문, 피카소 만남.
1951년(52세)	3월 15일, 어머니 타계. 조선문학예술총동맹 위원장 역임.
	6월, 『승냥이』 발간.
1954년(55세)	장편 『력사』(조선작가동맹출판사) 발간.
1955년(56세)	『아동혁명단』(민주청년사) 출간. 이 책은 장편 『력사』의 한 부분. 김일성의 어린 시절을 다룬 아동소설 『만경대』 출간.
	3월, 『황혼』(조선작가동맹출판사) 재간.
	6월, 『대동강』(조선작가동맹출판사) 발간.
1956년(57세)	5월, 교육상이 됨. 『탑』 재간.
1957년(58세)	9월, 교육성과 문화선전성이 합쳐 교육문화성으로 되면서 교육문화상이 되어 1958년 9월까지 재직. 『청춘기』 재간.
1959년(60세)	『아동단』 출간.
1960년(61세)	9월 9일, 『력사』로 인민상 수상. 한설야 선집이 15권 계획으로 출간 시작. 『수령을 따라 배우자』(민청출판사) 출간. 『형제』(아동도서출판사) 출간.
	『한설야 선집』 14권(조선작가동맹출판사) 출간 (해방 후 수필 수록).
	『한설야 선집』 12권(조선작가동맹출판사) 출간 (『사랑』 수록).

	『한설야 선집』 8권(조선작가동맹출판사) 출간(해방 후 단편 수록).
1961년(62세)	『한설야 선집』 9권(조선작가동맹출판사) 출간(『력사』와『만경대』수록), 『한설야 선집』 10권(조선작가동맹출판사) 출간(『대동강』 수록), 9월, 『성장』 출간.
1962년(63세)	10월경, 해임.
1963년(64세)	숙청, 자강동의 협동농장으로 추방.
1976년(77세)	사망.

작품목록

제목	게재지·출판사	연도

■평론

제목	게재지·출판사	연도
치행냐? 표절야?	매일신보	1921. 9. 26~27
아나톨, 프랜쓰(번역)	청년	1922. 7
트-르게녜프의 산문시(번역)	청년	1923. 5
예술적 량심이란 것	동아일보	1926. 10. 23
계급문학에 관하여	동아일보	1926. 10. 25
프로예술의 선언	동아일보	1926. 11. 6
권구현군의 일월 창작작평의 중간파적 태도를 박함		
	조선일보	1927. 2. 17~23
계급대립과 계급문학	조선지광	1927. 3
무산문예가의 입장에서 김화산군의 허구문예론		
	동아일보	1927. 4. 15~27
대중의 인식성향토종파의 미망을 배격함		
	조선지광	1927. 6
속학자의 구문	중외일보	1927. 8. 24~29

한치진군의 '기계학과 생존경쟁'을 읽고

	조선지광	1927. 9.
문예의 비평의 과학적 태도	조선일보	1927. 11. 22~12. 2
예술의 유물사론	조선지광	1927. 12
예술의 유물사론(속)	조선지광	1928. 1

1928년의 대중간의 문예관계는 엇더케 진전될가

	조선지광	1928. 1
문예운동의 실천적 근거	조선지광	1928. 4
문예운동의 한계와 임무(속)	조선지광	1928. 4
예술의 유물사론(삼)	조선지광	1928. 4
영화예술에 대한 관견	중외일보	1928. 7. 1~9

영화비판—외국영화에 대한 오인의 태도

	조선지광	1929. 1
신춘 창작평	조선지광	1929. 2
이월 창작 및 기타	조선지광	1929. 4
운동으로서의 예술	조선문예	1929. 5
문예시감	문예공론	1929. 6
유월 창작평	문예공론	1929. 7
문예시평	조선일보	1931. 4. 15~20
사실주의 비판	동아일보	1931. 5. 17~6. 3
변증법적 사실주의의 길로	중앙일보	1932. 1. 17~19
생명론(번역)	신계단	1932. 1
대중화의 독물이 되도록	비판	1932. 5
영화이론에 대한 관견	영화부대	1932. 11
일구삼이년도 창작 총평	문학건설	1932. 12. 5
일구삼이년 창작 총평	신계단	1932. 12. 5

일본경제이실체의 분석(번역)	신계단	1933. 2
이북명을 논함	조선일보	1933. 6. 22~24
문예시평	조선일보	1933. 11. 10~23
십이월 창작평	조선일보	1933. 12. 14~16
흑인문학 니그로 문학의 성장	조선일보	1934. 1. 1~21
문예시평	형상	1934. 2
작자의 말	조선일보	1936. 2. 2
최근 조선문단의 동향	고려시보	1936. 3
요계몽의 평자	신동아	1936. 6
통속소설에 대하야	동아일보	1936. 7. 3~8
막심·꼬리키의 예술에 대하야	조선일보	1936. 7. 25~8. 5
세계적 작가인 꼬리키옹의 생애와 작품		
	신동아	1936. 8
소화11년도 조선문학의 동향	조선문학	1937. 1
조선문학의 새 방향	조선일보	1937. 1. 4~8
문단 주류론	풍림	1937. 2
기교주의의 검토	조선일보	1937. 2. 4~9
문단주류론에 대하야	조선일보	1937. 3. 23~30
문예협회에 대하야	백광	1937. 6
방랑인으로의 고-리키	조광	1937. 6
역사철학에의 관심	조선일보	1937. 10. 14~16
감각과 사상의 통일	조선일보	1938. 3. 8
장편소설의 방향과 작가	조선일보	1938. 4. 2~6
문단시사에 관한 소감	동아일보	1938. 5. 8~13
좋은 각본을(연극발전책)	조광	1939. 1
김송 희곡집 『호반의 비가』평	조선일보	1939. 2. 9

238

로동당 중앙위원회 제三차 정기회의의 총화와 문학예술인들의
  당면과업 (요지)　　　　　로동신문　　　　　1951. 3. 20
김일성 장군과 문학예술　　　　　　　　　　1952. 4
김일성 장군과 민족문화의 발전　　　　　　1952. 8
로씨야의 위대한 문호 레브 니꼴라예위츠 똘스또이
　　　　　　　　　　　　　　로동신문　　　　　1953. 9. 9
전후 복구 건설과 작가 예술가들의 당면 과업
　　　　　　　　　　　　　　로동신문　　　　　1953. 9. 29
시인 작가들의 작품에서 나타나는 몇 가지 문제에 대하여
　　　　　　　　　　　　　　로동신문　　　　　1954. 9. 25
쏘베트 문학의 위력은 날로 장성 강화되고 있다
　　　　　　　　　　　　　　로동신문　　　　　1954. 12. 19
발전도상에 오른 전후의 조선문학
　　　　　　　　　　　　　　조선문학　　　　　1955. 1
동 · 키호테에 대하여　　　　조선문학　　　　　1955. 4
연암 박지원의 생애와 활동　　조선문학　　　　1956. 1
보다 훌륭한 생활을 위하여　　로동신문　　　　1956. 1. 1
평양시 당 관하 문학예술 선전 출판 부문 열성자 회의에서 한
  한설야 동지의 보고　　　　로동신문　　　　1956. 2. 15
계급적 교양과 사회주의 레알리즘의 제문제
　　　　　　　　　　　　　　조선문학　　　　　1956. 2
우리 문학예술이 달성한 거대한 성과
　　　　　　　　　　　　　　로동신문　　　　　1956. 3. 25
당의 문예정책과 함께 발전하는 우리 문학예술
　　　　　　　　　　　　　　조선문학　　　　　1956. 4
로신과 조선문학　　　　　　조선문학　　　　　1956. 10

천리마시대의 문학예술 창조를 위하여

조선문학   1961. 3

열렬한 애국자며 탁월한 시인 박인로

문학신문   1961. 8. 11

예술의 고지를 향하여   문학신문   1962. 5. 1

투쟁의 문학 ─ 카프 창건 37주년에 즈음하여

문학신문   1962. 8. 2

■ 정론

남경국민회의의 정체   조선지광   1931. 5
남경국민정부와 장장의 귀추   조선지광   1932. 2
소련 석유의 세계적 진출   신계단   1932. 11. 5
농업공황과 과잉생산   신계단   1932. 12. 5
민족개량주의 비판   신계단   1933. 1
경제적으로 본 일미관계   신계단   1933. 1
천도교의 정치적 의의   신계단   1933. 1
인민위원선거는 훌륭하게 끝났다

건설   1947. 2. 15

정신운동의 과학적 해명 ─ 건국사상동원에 관련하야

인민교육   1947. 3

전조선동포에게 격함   민주조선   1947. 3. 9
학생들에게 주는 교시   민주청년   1947. 4. 12
국가교육의 전망   인민   1947. 4. 28
1947년도 인민교육문화발전계획 실천에 관하여

인민   1947. 5

영웅 김일성 장군   신생사   1947. 5. 30
북조선 행정교육사업에 대하여
                         로동신문   1947. 6. 22
1947년도 인민경제계획과 교육문화발전계획
                         조소문화   1947. 7
조선민족문화발전에 있어서의 쏘련의 원조
                         조소문화   1948. 12
전쟁도발자를 반대하는 세계인민들의 단결은 공고하다!
                         로동신문   1949. 6. 11
평화옹호세계대회 참가 귀환 보고
                         로동신문   1949. 6. 17
조국통일민주주의 전선 강령에 대한 보고
                         로동신문   1949. 6. 28
조국통일민주주의전선 강령에 대한 보고
                         함남로동신문   1949. 6. 28
조국통일민주주의전선 강령에 대한 보고(강연)
                         전진   1949. 7. 30
조국통일민주주의전선 강령에 대한 보고
             조국통일 민주주의전선 결성대회 문헌집   1949. 8. 15
평화옹호세계위원회의 평화제의 호소문에 대하여
                         로동신문   1950. 3. 4
정의와 진보를 사랑하는 선진인류는 「평화옹호진영에 굳게 뭉친다」
                         로동신문   1950. 3. 25
「5·1절 기념 평화시군중대회에서 평화옹호」 전민족위원회
  위원장 한설야 동지의 연설   로동신문   1950. 5. 2
우리의 손에는 평화통일의 정당한 방법이 쥐어져 있다

쓰딸린은 우리와 함께 살아 있다　　　　　　　　1953. 3

조쏘 량국 인민의 위대한 친선은 극동 평화에 막대한 기여로 된다

　　　　　　　　　　　　　로동신문　　　1953. 9. 25

수령 돌아오시다　　　　　　　　　　　　　　1958. 12. 11

수령을 배우자　　　　　　　　　　　　　　1958을 보내며

영광을 드린다―백전백승의 레닌 당에

　　　　　　　　　　　　　문학신문　　　1959. 1. 29

수령 돌아오시다　　　　영광은 만리에*　　1959. 4. 20

　　*조선민주주의인민공화국 정부 대표단 중국·월남 친선방문기념작품집

남조선 작가, 예술인들이여 정의로운 투쟁의 선두에 서라

　　　　　　　　　　　　　문학신문　　　1960. 4. 29

김일성 수상의 교시를 받들고　조선문학　　1961. 1

근로자 대중이 창작사업에 발동되여야 한다

　　　　　　　　　　　　　청년문학　　　1961. 1

한설야 동지의 토론　　　　문학신문　　　1961. 9. 17

남조선의 작가 예술인들은 반미구국투쟁에 용감하게 나서라

　　　　　　　　　　　　　문학신문　　　1962. 6. 25

■소설·희곡

그날 밤　　　　　　　　조선문단　　　1925. 1

동경　　　　　　　　　　조선문단　　　1925. 5

평범　　　　　　　　　　동아일보　　　1926. 2. 16~27

주림　　　　　　　　　　조선문단　　　1926. 3

초연(일어)　　　　　　　만주일일신문　　1927. 1. 12~14

合宿所の夜(일어)　　　　만주일일신문　　1927. 1. 26~27

그릇된 동경	동아일보	1927. 2. 1~10
暗い世界(일어)	만주일일신문	1927. 2. 8~13
사랑은 잇스나	매일신보	1927. 4. 24~5. 18
그 전후	조선지광	1927. 5
이상한 그림	동아일보	1927. 5. 3~7
산연(散戀)	매일신보	1927. 6. 12~19
뒤ㅅ걸음질	조선지광	1927. 8
새벽	조선일보	1927. 11. 16~27
홍수	동아일보	1928. 1. 2~6
합숙소의 밤	조선지광	1928. 1
인조폭포	조선지광	1928. 2
과도기(일명 새벽)	조선지광	1929. 4
새벽	문예공론	1929. 5
한길(「명암」의 일부)	문예공론	1929. 6
씨름	조선지광	1929. 8
총공회(희곡)	조선지광	1930. 3
가두에서(2)	중외일보	1930. 12. 8
공장지대	조선지광	1931. 5
전기(희곡)	조선지광	1932. 2
사방공장	신계단	1932. 11. 5
삼백육십오일	문학건설	1932. 12. 5
개답	신계단	1932. 12. 5
절둑발이(희곡)	문학건설	1932. 12. 5
교차선	조선일보	1933. 4. 27~29
추수후	신계단	1933. 6
소작촌	신계단	1933. 7

저수지(희곡)	신계단	1933. 7
태양	조광	1936. 2
황혼	조선일보	1936. 2. 5~10. 28
임금(林檎)	신동아	1936. 3
딸	조광	1936. 4
홍수(「탁류」의 제일부)	조선문학	1936. 5
철로교차점(후미끼리) —「임금」의 속편		
	조광	1936. 6
白い 開墾地(일어)	문학안내	1937. 2
부역(「탁류」 제이부)	조선문학	1937. 6
청춘기	동아일보	1937. 7. 20~11. 29
강아지	여성	1938. 9
산촌(「탁류」 제삼부)	조광	1938. 11
귀향	야담	1939. 2~7
이녕	문장	1939. 5
보복	조광	1939. 5
大陸(일어)	국민신보	1939. 6. 4~9. 24
술집	문장	1939. 7
마음의 향촌	동아일보	1939. 7. 19~12. 7
종두	문장	1939. 8
청춘기	중앙인서관	1939
태양은 병들다	조광	1940. 1~2
황혼	영창서관	1940. 1. 10
모색	인문평론	1940. 3
탑(塔)	매일신보	1940. 8. 1~
		1941. 2. 14

귀향(현대문고 제일부 제이책)	영창서관	1940. 8. 15
파도	인문평론	1940. 10
숙명	조광	1940. 11
아들	삼천리	1941. 1
류전	문장	1941. 4
두견	인문평론	1941. 4
세로	춘추	1941. 4
초향	박문서관	1941. 4. 1
한설야 단편선	박문서관	1941. 7. 15
血(일어)	국민문학	1942. 1
향비애사	야담	1942. 11
影(일어)	국민문학	1942. 12
탑(塔)	매일신보사	1942. 12. 25
젖(乳)	야담	1943. 2
모자―어떤 붉은 병사의 수기	문화전선	1946. 7. 25
혈로(血路)	우리의 태양	1946. 8. 15
탄광촌―지하에서 싸우는 사람들		1946. 8
운동회		1946
개선		1948. 3. 1
얼굴	위대한공훈	1949. 2. 15
	(쏘련군 환송기념 창작집)	
남매(8·15해방 4주년 기념출판소설집)		
	문화전선사	1949. 8. 10
자라는 마을		1949. 8

마을사람들	자라는 마을*	1949. 9. 5
*북조선농민동맹중앙위원회 군중문화부		
초소에서	문학예술 3-1	1950. 1. 15
어떤 날의 日記		1950
한설야 단편집『초소에서』	문화전선사	1950. 3. 2
기적		1950. 8
격침 바다의 영웅—김군옥 리완근 전투기		
	영웅들의 전투기(문예총)	1950. 8. 25
하늘의 영웅—김기옥 리문순 비행사의 전투기		
	영웅들의 전투기(2)	1950. 9. 13
전별	로동신문	1951. 4. 16~18
승냥이	조선작가동맹출판사	1951. 6. 15
대동강(1)~(7)	로동신문	1952. 4. 23~29
황초령		1952. 6
땅크 214호		1953. 3. 1
력사	로동신문	1953. 4~7
력사	조선작가동맹출판사	1954. 11. 30
황혼	조선작가동맹출판사	1955. 3
대동강	조선작가동맹출판사	1955. 6. 10
아동혁명단	민주청년사	1955. 7. 15
『만경대』중에서	위대한 전설	1956. 3. 20
	(조선작가동맹출판사)	
설봉산	조선작가동맹출판사	1956. 7. 1
탑	조선작가동맹출판사	1956. 10. 15
섬멸	미확인	
통신 사령 김근수	미확인	

청춘기	조선작가동맹출판사	1957. 7. 30
레닌의 초상	조선문학	1957. 11
초향	조선작가동맹출판사	1958. 4. 10
열풍(『열풍』의 일부)	조선문학	1958. 9
열풍(단행본)	조선작가동맹출판사	1958. 11. 30
현대조선문학선집(8) 한설야 단편집		
	조선작가동맹출판사	1959. 3. 10
현대조선문학선집(16)『황혼』	조선작가동맹출판사	1959. 3. 10
형제(희곡)	조선문학	1960. 2
희곡『형제』(한설야 원작/한성 각색)		
	조선작가동맹출판사	1960. 4. 10
사랑	조선문학	1960. 7~9
한설야 선집『사랑』(12)	조선작가동맹출판사	1960. 7. 15
한설야 선집 단편집(8)	조선작가동맹출판사	1960. 9. 20
한설야 선집『대동강』(10)	조선작가동맹출판사	1961. 4. 20
한설야 선집『력사』,『만경대』(9)		
	조선작가동맹출판사	1961. 5. 30
성장(『성장』의 일부)	조선문학	1961. 8
성장(단행본)	조선작가동맹출판사	1961. 9. 10
아버지와 아들	조선문학	1962. 4

■ 수필

주범순군을 곡함	매일신보	1921. 5. 19
신혼의 가	신여성	1924. 12. 19
미인국의 순례	신여성	1925. 3

오호 서왈보공	동아일보	1926. 7. 6~10
感謝と不滿(일어)	문예전선	1927. 9
산탄(일인일문)	조선일보	1927. 10. 7
화전민의 연구	조선지광	1929. 2
소설 쓰랴다가	조선일보	1929. 2. 28~12
재지(災地)의 봄	조선문예	1929. 5
국경 정조	조선일보	1929. 6. 12~23
생활과 작품—작가로서의 근상일속		
	중앙일보	1931. 12. 1~2
윤기정 인상기	문학건설	1932. 12. 5
엽서 문답	문학건설	1932. 12. 5
북국 기행	조선일보	1933. 11. 26~12. 3
머리에 쓴 일기 그 중의 한 토막		
	조선일보	1936. 1. 24~26·28
포석과 민촌과 나	중앙	1936. 2
산문도시 성흥	신동아	1936. 6
처녀장편의 여히로인 잃어버린 여주인공		
	신동아	1936. 7
잡지 편집인에게	신동아	1936. 8
가을과 인간생활	여성	1936. 10
작가작품연대표 부기	삼천리	1937. 1
문인과 여성 · 문인과 부부	여성	1937. 2
회상중의 봄	백광	1937. 3. 28
문인 멘탈테스트	백광	1937. 3. 28
문인과 우문현답	여성	1937. 4
북국의 봄	조광	1937. 4

설문	조광	1937. 5
문예수감 현역작가에게 큰 교훈		
	조선문학	1937. 5
설문	조광	1937. 6
고난의 교훈	동아일보	1937. 6. 8~9
나의 십년 계획	조광	1938. 1
이이는 육되는 꿈 주판은 꿈에 다시 뵐까 무서워		
	동아일보	1938. 1. 3
설문	조광	1938. 6
무용사절 최승희에게 보내는 서		
	사해공론	1938. 7
지하실의 수기	조선일보	1938. 7. 8
능률이 난다(우리집 척서법)	여성	1938. 8
강아지	여성	1938. 9
고난기(나의 리력서)	조광	1938. 10
영화광시대(나의 학생시대 행장기)		
	조광	1938. 11
문단왕래(인쇄소 경영)	청색지	1938. 12
명사 만문만답	조광	1939. 1
명사 만문만답	조광	1939. 2
여자는 생명보다 미신을 사랑한다		
	여성	1939. 3
아비의 심경	여성	1939. 4
금강산유기	조선문학	1939. 4
명사 만문만답	조광	1939. 5
단상 편편	신세기	1939. 6

인물전람회(나의 창작 노-트)	조광	1939. 6
출판기념회(낙수첩)	조광	1939. 7
자화자찬(내 작품을 해부함)	조광	1939. 7
초막 속의 밤 이야기	신세기	1939. 8
기행부전고원행	동아일보	1939. 8. 4~10
평가와 여인	박문	1939. 9
이제부터(작가생활의 회고)	박문	1939. 10
내 딸에 대한 설계(설문)	여성	1939. 10
처녀장편을 쓰던 시절	조광	1939. 12
말의 매력	청색지	1939. 12
자작 안내	청색지	1940. 1
나의 생명의 연소(나의 문학 십년기)		
	문장	1940. 2
P군에게	박문	1940. 3
극장지배인(양춘 수필)	조광	1940. 4
문학풍토기―함흥편	인문평론	1940. 5
무언실행의 인(소설가의 어머니)		
	조광	1940. 6
북지 기행	동아일보	1940. 6. 18~7. 5
작자의 말(신장편소설『탑』)	매일신보	1940. 7. 17
연경의 여름	조광	1940. 8
여백문답	조광	1940. 8
북경통신 만수산기행	문장	1940. 9
관북, 만주 향토문화좌담회	삼천리	1940. 9
엽서회답 조선문학상을 준다면	조광	1940. 9
경성개조안	삼천리	1940. 10

독자들에게 보내는 편지	청년문학	1961. 12
새해를 맞으며	문학신문	1962. 1. 1

■ **시 · 시조**

부벽루에서	매일신보	1921. 3. 8
효종(曉鍾)	동아일보	1921. 4. 29
봄비소리!(외구름)	청년	1921. 6
그 우에 꽃이 피리	문학신문	1962. 6. 29
남녀 땅 형제들에게	문학신문	1962. 6. 29
송악산에서	문학신문	1962. 6. 29
분계선 언덕에서	문학신문	1962. 7. 3
이 한 밤에	문학신문	1962. 7. 3
나의 개	문학신문	1962. 7. 3
그 우정이 못내 겨워	문학신문	1962. 7. 6
어머니인 듯	문학신문	1962. 7. 6
별	문학신문	1962. 7. 10
익재 묘 앞에서	문학신문	1962. 7. 10
사람	문학신문	1962. 7. 10
바람을 안고	문학신문	1962. 7. 13
땅	문학신문	1962. 7. 13
무대놀이	문학신문	1962. 7. 13
옛날로 돌아가서	문학신문	1962. 7. 17
꽃나무를 심어 놓고	문학신문	1962. 7. 17
꽃과 같이	문학신문	1962. 7. 20
발찍 해상에서	문학신문	1962. 7. 20

새 인간들 속에서(1)	문학신문	1962. 7. 24
새 인간들 속에서(2)	문학신문	1962. 7. 24
새 인간들 속에서(3)	문학신문	1962. 7. 27
농촌 써클 공연을 보고(1)	문학신문	1962. 7. 27
농촌 써클 공연을 보고(2)	문학신문	1962. 7. 31
농촌 써클 공연을 보고(3)	문학신문	1962. 7. 31
갈매기	문학신문	1962. 8. 7
가야금	문학신문	1962. 8. 7
줄장미야	문학신문	1962. 8. 7
금강산	문학신문	1962. 8. 14
삼일포	문학신문	1962. 8. 14
세상에 비노라	문학신문	1962. 8. 17
나도 그처럼	문학신문	1962. 8. 17
향 오른 꽃 앞에서	문학신문	1962. 8. 17
길은 열린다	문학신문	1962. 8. 21
만물상	문학신문	1962. 8. 21

연구서지

강옥희, 「1930년대 후반 대중소설 연구」, 상명대 박사학위논문, 1999.

계 곤, 「일제강점기 간도소설 연구」, 경남대 박사학위논문, 2002.

김광숙, 「한설야의 『청춘기』 판본 분석」, 동아대 석사학위논문, 2005.

김동훈, 「한설야의 『황혼』 연구」, 대구대 석사학위논문, 2003.

김민수, 「한설야 소설 연구」, 중앙대 석사학위논문, 1994.

김병길, 「한설야의 『황혼』 개작본 연구」, 『국어국문학』 132, 국어국문학회, 2002. 12.

김윤규, 「한설야 초기작품의 성격과 변모과정」, 『문학과언어』 10, 문학과언어학회, 1989. 7.

김일영, 「한설야의 소설 초기 이부작과 희곡 「총공회」의 세계관적 연속성」, 『국어교육연구』 21, 국어교육학회, 1989. 12.

김재영, 「한설야 소설 연구」, 연세대 석사학위논문, 1991.

김재용, 「냉전시대 한설야 문학의 민족의식과 비타협성」, 『역사비평』 47, 역사비평사, 1999 여름호.

_____, 「새로 발견된 한설야의 소설 「대륙」과 만주 인식」, 『역사비평』 63, 역사비평사, 2003. 5.

김종호, 「한설야 「탁류」 3부작의 리얼리즘적 세계와 구조」, 『국어교
육연구』 24, 국어교육학회, 1992. 12.

_____, 「한설야 문학론(1)」, 『문학과언어』 10, 문학과언어학회,
1989. 7.

김진구, 「1940년 전후 가족서사의 정치적 상상력 연구」, 서강대 석
사학위논문, 2004.

김현종, 「해방기의 북한소설 연구」, 충남대 박사학위논문, 1997.

남민영, 「김남천과 한설야의 1930년대 소설 연구」, 연세대 석사학
위논문, 1991.

노상래, 「카프 문인의 전향 연구」, 영남대 박사학위논문, 1996.

문영희, 「한설야 문학 연구」, 경희대 박사학위논문, 1995.

문향숙, 「한설야 소설 연구」, 건국대 석사학위논문, 1991.

박영관, 「한설야 문학 연구」, 아주대 석사학위논문, 1994.

박홍배, 「『탑』 연구 — 한설야의 변증법적 세계관」, 『어문학교육』
15, 한국어문교육학회, 1993. 6.

백성우, 「한설야의 『황혼』에 나타난 갈등구조 고찰」, 조선대 석사학
위논문, 1990.

변란희, 「6·25 전쟁기 한설야 소설의 인물 유형 연구」, 경상대 석사
학위논문, 2001.

서경석, 「1930년대 후반의 카프 — 한설야의 「지하실의 수기」와 임
화의 「어느 청년의 참회」를 중심으로」, 『어문학』 66, 한국어문
학회, 1999. 2.

_____, 「한설야 문학 연구」, 서울대 박사학위논문, 1992.

_____, 「한설야의 열풍과 북경 체험의 의미」, 『국어국문학』 131,
국어국문학회, 2002. 5.

_____, 「한설야 문학의 유교적 배경 연구」, 『우리말글』 36, 우리말

글학회, 2006. 4.

서은주, 「'이행'과 '경계'의 역동적 지평」, 연세대 석사학위논문, 2005.

송기섭, 「한설야 소설 연구」, 충남대 석사학위논문, 1989.

송윤회, 「한설야 소설의 창작방법 고찰」, 단국대 석사학위논문, 1995.

송호숙, 「한설야 연구」, 연세대 석사학위논문, 1990.

우종택, 「한설야 연구」, 경희대 석사학위논문, 1991.

윤문상, 「한설야 소설과 애정관의 변모 양상」, 인하대 석사학위논문, 1995.

윤영옥, 「한설야 『탑』에 나타난 근대성과 여성」, 『한국언어문학』 47, 한국언어문학회, 2001. 12.

윤인로, 「전향의 논리와 친일/반일의 이분법 ― 한설야의 경우를 중심으로」, 『동남어문논집』 18, 동남어문학회, 2004. 12.

이대규, 「한국 근대 귀향소설 연구」, 전북대 박사학위논문, 1994.

이병순, 「한설야 소설 연구」, 숙명여대 석사학위논문, 1991.

이상화, 「일제말 한국 가족사소설 연구」, 상명대 박사학위논문, 2004.

이재춘, 「한국소설에 나타난 갈등의 양상 연구(1)」, 『우리말글』 10, 우리말글학회, 1992. 6.

_____, 「한설야 소설의 갈등 연구」, 대구대 박사학위논문, 1996.

_____, 「한설야 소설의 갈등양상과 의미 연구」, 『어문학』 58, 한국어문학회, 1996. 2.

_____, 「한설야의 「탁류」 삼부작 연구」, 『우리말글』 13, 우리말글학회, 1995. 6.

장상길, 「한설야 소설 연구」, 서울대 석사학위논문, 1990.

장석홍, 「한설야 소설에 나타난 계급의식의 변모양상 연구」, 건국대 박사학위논문, 1996.

전형준, 「韓雪野小說中的魯迅」, 『중국현대문학』 17, 한국중국현대문학학회, 1999. 12.

정혜영, 「신념의 드러냄과 감춤―한설야 후기 작품을 중심으로」, 『문학과언어』 11, 문학과언어학회, 1990. 5.

조수웅, 「한설야 현실주의 소설의 변모 양상 연구」, 조선대 박사학위논문, 1998.

_____, 「한설야의 생애와 문학적 특색」, 『문학춘추』 29, 문학춘추사, 1999. 12.

조진기, 「내선일체의 실천과 내선결혼소설」, 『한민족어문학』 50, 한민족어문학회, 2007. 6.

진영복, 「1930년대 한국 근대소설의 사적 성격 연구」, 연세대 박사학위논문, 2003.

최영미, 「한설야 소설연구」, 동아대 석사학위논문, 1992.

최옥미, 「한설야 장편소설연구」, 성균관대 석사학위논문, 1992.

최익현, 「소설 공간 선택의 이념성과 의지 편향성 연구」, 『어문논집』, 중앙어문학회, 1992. 7.

_____, 「한설야 연구」, 중앙대 석사학위논문, 1992.

홍혜원, 「한설야 소설의 공간 연구」, 이화여대 석사학위논문, 1992.

황윤철, 「한설야와 『탑』 연구」, 『우리말글』 8, 우리말글학회, 1990. 5.

황치복, 「한일 전향소설의 문학사적 성격―한설야와 나카노 시게하루(中野重治)를 중심으로」, 『한국문학이론과 비평』 16, 한국문학이론과 비평학회, 2006. 4.

강진호姜珍浩 고려대학교 국어국문학과에서 문학박사학위를 받았다. 현재 문학평론가로 활동하고 있으며, 성신여자대학교 국어국문학과 교수로 재직 중이다.

저서에 『한국근대문학 작가연구』(1996), 『탈분단시대의 문학논리』(2001), 『한국문학의 현장을 찾아서』(2002), 『현대소설사와 근대성의 아포리아』(2004)가 있으며, 고교 『독서』교과서를 집필했다.